遭遇创业

中国辣妈创业全纪录

于秀 ◎ 著

人民日报出版社

图书在版编目（CIP）数据

遭遇创业：中国辣妈创业全纪录 / 于秀著 . — 北京：人民日报出版社，2016.5
ISBN 978-7-5115-3764-5

Ⅰ . ①遭… Ⅱ . ①于… Ⅲ . ①报告文学—中国—当代 Ⅳ . ① I25
中国版本图书馆 CIP 数据核字（2016）第 071222 号

书　　名：	遭遇创业：中国辣妈创业全纪录
作　　者：	于　秀
出 版 人：	董　伟
责任编辑：	陈　红
封面设计：	主语设计
版式设计：	大有艺彩
出版发行：	人民日报出版社
社　　址：	北京金台西路 2 号
邮政编码：	100733
发行热线：	（010）65369509　65369527　65369846　65363528
邮购热线：	（010）65369530　65363527
编辑热线：	（010）65369844
网　　址：	www.peopledailypress.com
经　　销：	新华书店
印　　刷：	大厂回族自治县彩虹印刷有限公司
开　　本：	710mm×1000mm　1/16
字　　数：	180 千字
印　　张：	19
印　　次：	2016 年 5 月第 1 版　2016 年 5 月第 1 次印刷
书　　号：	ISBN 978-7-5115-3764-5
定　　价：	58.00 元

CONTENTS 目 录

01 中国辣妈创业主人公
李莎妮

婚姻改变了我的命运，孩子改变了我的生活，创业让我重新做回了我自己。女人的强大不是别人给的，自己的奋斗很重要。

← 001

02 中国辣妈创业主人公
靳莹

曾以为做一个全职妈妈是自己最大的快乐，可随着孩子渐渐长大，我却发现自己的舞台越来越小，生存的空间越来越不美好。当一个女人为了婚姻和孩子放弃了自我的时候，也许正是她的自我价值感最低的时候，这样的感觉让我苦闷，我想我必须拥有自己的一份事业了。

019 →

03 中国辣妈创业主人公
谢惠玲

大学毕业后，大多数同学热衷于去事业单位找一份踏实的工作，我却拿定主意想要自己创业，虽说并不知道自己的方向在哪里，但我相信，只要有一颗敢拼的心，就一定会赢！

035 →

04 中国辣妈创业主人公
胡佳凝

我的父辈是创一代，他们为我创造了衣食无忧的生活，因此我从小在别人眼里是公主，是所谓的富二代，我依赖惯了，从来没觉得生活有什么难。婚姻失败，成为单亲妈妈，让我触到了真实的生活，在幼小的女儿面前，我必须强大，女人真正的自信和勇敢就是这么建立起来的。

← 049

05 中国辣妈创业主人公
侯 玉

刚开始我创业是为了谋生，为了生存，虽然做过很多行业，但是我一直在寻找自己喜欢的事情。现在随着我的成长和成熟，自己下一步的发展之路好像越来越明晰，我喜欢做可以帮助到更多妈妈的事情，让妈妈们的生活越来越精彩，越来越丰富，将是我再一次创业的起点。

065 →

06 中国辣妈创业主人公
李东红

我36岁才生宝宝，45岁重返社会创业，这个时候我不仅是一个单亲妈妈，还是一个与社会脱节10年的中年女性。最困难的时候我只能靠女友的接济过日子，可是我坚持了下来，现在的我只想为自己的梦想打拼。

075 →

07 中国辣妈创业主人公
梁萍

做妈妈前我是个爱美如命的女孩，做了妈妈我也不想放弃自己，生了女儿出了月子的第一天，我就在网吧建立了辣妈联盟群，我希望带动所有的妈妈享受有品质的生活，也希望通过这种方式实现我的创业梦想。

← 087

08 中国辣妈创业主人公
蔡丽娟

我今天的成长应该感谢我的儿子，我觉得儿子就是我人生最好的励志大师，有他在我身边，我一定会是一个对未知的命运无所畏惧的妈妈，不管是创业还是生活，走到哪一步都不会停下自己进取的脚步。孩子就是天使，是他让我懂得如何做更好的妈妈。

099 →

09 中国辣妈创业主人公
孙 莹

从小我在一个不完整的家庭里长大，这让我终生都缺乏一份安全感，十年里我三次创业，终于发现自己还可以成为那个靠自己独立、靠自己成熟的女人，为此我感恩生活给予我的磨砺与挫折。

113 →

10 中国辣妈创业主人公
吴佳丽

我从来没有想到，这么年轻就做了两个宝宝的妈妈，但既然做了也心生欢喜地去做。虽然家里的生活条件不需要我太辛苦打拼，可我还是想要自己喜欢的那种有追求的感觉，觉得做了妈妈的女人更应该有自我价值的实现。

← 125

11 中国辣妈创业主人公
徐 敏

海外留学六年的时光，不仅让我学会了独立，还变得更加有责任感，因此，在创业之初，我就想把自己的理想和中国社会的需求结合起来，既做自己喜欢的事情，又可以帮助到更多的妈妈。

137 →

12 中国辣妈创业主人公
孔 丽

从1997年30岁第一次创业——在河边卖茶水,到48岁第三次创业,几次能够从失败中走出来,从对人生失望到重新充满希望,我靠的就是自己那颗不服输的心,现在再启程,我已经波澜不惊,满是从容。

13 中国辣妈创业主人公
赵文琦

我希望用自己的经历来激励更多的全职妈妈、家庭主妇,给自己的生活来一个大改变:你完全可以独立,完全可以强大起来,你本来就很优秀,只是做了妈妈后你把太多的期待给了自己的孩子,却放弃了自己的追求,这是一种人生的损失。

14 中国辣妈创业主人公
代方婷

我觉得我实在算不上创业妈妈,只是做了一点儿自己喜欢的事情,碰巧还做了起来。未来才是我真正的创业计划,我准备把自己的少儿培训事业做得再大一点儿,做出自己的品牌和特色,让我们"萌爱系"的学生遍天下。我想,只有到那时我才可以说,我是正在创业的辣妈。我很期待那一天。

15 中国辣妈创业主人公
周丽娟

现在我想要创业，完全是因为我有梦想，我希望自己可以去打拼出一个世界来，让所有的人都对我刮目相看。我有两个女儿，我真的很想让我的女儿为我骄傲，觉得妈妈也不是一个平凡的女性。为了这一天我正在加倍努力，我相信，只要勤奋，梦想就会成真。我已经在起跑线上了。

187 →

16 中国辣妈创业主人公
张柯雨

我一路走来发现，真正的创业没有捷径可走，只要方向没问题，就横下一条心，朝着自己的梦想走。真正的创业者期待的并不完全是目标的实现，他们更享受走在路上的那些时光，因为生命的所有冒险都在其中可以体验得到，岁月因为未知才更可爱，不是吗？

← 197

17 中国辣妈创业主人公
滕瑜晓

现在我身边很多妈妈都在创业，我每天都在感受着她们创业以后的变化，那是一种与众不同的活力和自信。对我来说，我是想用这种方式来给自己的人生做一个证明，我希望自己是一个活得更有自我、更加精彩的妈妈。我想让我的先生知道他的这位中国姑娘，来自湖南的辣妹子，并不甘于过平凡的人生。梦想有多远，我就会走多远。

207 →

18　中国辣妈创业主人公
多多妈妈

未来，我会做更多可以帮助别人的事情，因此，我会努力让自己变得更强大一些，虽然做微商是一份小事业，但它不妨碍我有一颗大大的心。做一个有追求、有品质、有梦想、有野心的辣妈是我的目标，而学会平衡工作与事业的关系，则是我需要学习的功课。

217 →

19　中国辣妈创业主人公
吴华珍

生活给我关上了一扇窗，却又打开了一扇门，我从这扇门里走出去，不仅见到了阳光，还遇见了更美好更强大的自己，拥有了更自由更舒展的生活。不是婚姻失败，我不知道自己还会有这么大的勇气；不是创业，我不知道自己还会有这么大的能量；不是奋斗，我不知道自己也可以成一个很棒的妈妈。

← 227

20　中国辣妈创业主人公
小　北

如果说我们之间目前的状态有点儿像传说中的灵魂伴侣，那也是因为创业给我们带来了共同的梦想，这个梦想让我感觉跟他在一起，不仅仅是在一起幸福地过日子，然后一起白头到老那么简单，我们在一起共同成就对方，成为对方的领路人。

237 →

21 中国辣妈创业主人公
李小丽

我觉得自己是一个很幸福的妈妈，可以做自己喜欢的事业，可以赚到钱，又可以帮助别人。未来，我会把自己的创业坚持下去，让更多的女性通过舞蹈改变自己是我的奋斗目标，通过这种方式传播更多的文化也是我的追求。我会给自己加油的。

251 →

22 中国辣妈创业主人公
李 燕

我从小的性格就很倔强，尽管在小的时候这种个性屡屡被质疑，但我终究用自己的勤奋与努力证明了我是一只优质股。只听自己的声音，按自己的想法去选择人生，让我距离成功越来越近。创业，让妈妈的独立不再是梦想，独立的妈妈更有智慧，会把自己和生活打理得更精彩，更有品质。

← 263

23 中国辣妈创业主人公
徐妹璘

我想说，感谢创业，是它让我这个妈妈又在时代中重新找到了自己的位置；感谢我自己，如果我没有那么勇敢，也没有今天的事业平台；感谢所有的人，是他们对我的接纳让我重新找回了自己的价值。

273 →

中国辣妈创业主人公

李莎妮

云南普洱人 33岁

01

婚姻改变了我的命运,孩子改变了我的生活,创业让我重新做回了我自己。女人的强大不是别人给的,自己的奋斗很重要。

我从小生长在云南的普洱市，那里虽然山清水秀，风景优美，可是因为偏远，比较闭塞。高中的时候，我是个很叛逆的女孩，学习不太努力，成绩自然也很不理想，结果高考失利，考上了昆明一所普通本科大学。我虽然在普洱长大，可我一直很向往大山外面的世界，渴望到更广阔的天地里见识一下，尤其想到北京去读书，那时候在我看来，能到北京去读大学才是最理想的选择。

为了有机会来北京读书，我开始自己在网上不停地寻找机会。妈妈老劝我，你这么一个瘦小的女孩子，怎么可能一下子跑那么远去读书？我们怎么可能放心呢？爸爸是唯一支持我的人，虽然他话不多，但他看我的眼神都是特别信任的、支持的，我知道爸爸最懂我的心思，他知道我不是一个没想法的女孩。

后来，我终于在网上找到一家高自考的民办大学，就在北京，眼看就要开学了，我二话没说收拾了行李就要来北京，妈妈还是有些不同意，只有爸爸默默地买好了车票，到单位请了假陪我来到了北京。在北京一下车，来到校区我有些心灰意冷，因为那所民办大学不仅是在北京的郊区，还是刚刚建好的新学校，处处很简陋，周边的环境甚至还不如我的家乡好，我开始怀疑自己的选择，我想我千里迢迢来到北京，对北京充满了美好的憧憬，可是要在这样冷清偏僻的地方度过三年，我有点儿后悔自己的决定了。

我在电话里跟妈妈说了这里的情况，本来就不太支持我走这么远读大学的妈妈也一再地说："不行就回来吧，哪里也不如家里好。"就在我有些犹豫的时候，爸爸跟我说了一番话，他说："莎妮呵，虽然爸爸也希望你留在爸妈的身边，我们就你一个女儿，你不在家我们也会很牵挂，可是决定是你自己做的，再难的路爸爸都希望你坚持下去。万事开头难，可是你已经下决心到北京来闯一下，就不应该太胆小，人家来了能做得挺好，你也一样可以，爸爸相信你不是个会轻易放弃的孩子，你安心在北京上学，想爸妈了我们来看你，爸爸希望你是个能让我们感到骄傲的女儿。"

我至今记得爸爸说这番话的语重心长，不善言辞的他眼睛里一直亮晶晶的。长这么大，在我的记忆里，爸爸很少对我表达他对我的情感，可那天晚上爸爸的一席话让我知道，他的爱有多深、有多厚重。把我送到学校后，爸爸第二天就返回普洱了，为了不耽误我学习，他说什么也不要我去车站送他，看着爸爸冲我点点头就转身离去，他并不特别高大的身影有些寂寞，不知为什么眼泪就涌了上来。这是我离家以后第一次有了所谓的乡愁，第一次感到父母的不容易，也第一次觉得自己需要为自己负责任了。

虽然还是对这所不够理想的民办大学有些许的遗憾，我还是开始渐渐珍惜学习的机会，也开始和来自各地的同学友好相处。在学校交到了新的朋友让我挺开心的，跟爸妈的联系也并不频繁，除了偶尔打个电话问候一声，我渐渐地在大学里找到了感觉，开始安排自己色彩缤纷的大学生活。入学不久就是国庆节，我本打算在北京好好玩一玩，约了同学去爬长城，逛故宫。妈妈问我回老家吗，我还不耐烦地说她："妈，我刚来北京上学没几天，好多地儿都还没去玩哪，国庆放假正好约了同学一起去玩，再说回去一趟路费多贵呀，我就不回去了。"

我的家庭虽说不富裕，但妈妈一直也很宠我，当时我这么说，妈妈也没说什么就放下了电话，但隐隐地，我觉得妈妈似乎在电话那头叹息了一声，我感觉妈妈的状态不太对，可我当时正忙着享受我在北京的大学生活，根本就没想那么多。就在国庆节放假的前几天，班主任老师把我叫到了办公室，她告诉我，妈妈已经替我请好了假，让我赶快订票回普洱老家，爸爸的身体不太好。看着老师那认真的样子，我有点儿担心，出了办公室的门，就给妈妈打电话。

我问妈妈："我爸怎么了？怎么会病了？开学时来北京送我还好好的，怎么这才不到两个月就病了？"没想到妈妈倒挺平静地跟我说："没事，莎妮，你爸就是一点儿小毛病，他就是挺想你的，你赶紧回来看看他就好了。"我听见妈妈的声音还算稳定，心里稍微放了点儿心，心想也许爸爸就是想我了，故意这么说要我回去看他们。我还在想，爸妈也真是，想我了就说呗，还闹这么大动静，找了我们老师。不过，我也不敢怠慢，赶紧订好了车票往回赶，到家我才知道爸爸这次是真的病了，而且还病得很重，据医生说已经进入弥留之际。我当时真的整个人都傻掉了，顾不得抱着妈妈一起伤心，直奔到爸爸的病床前。才短短两个月的分别，我已经几乎认不出病榻上的爸爸，他消瘦得厉害，见到我还说："莎妮，你怎么回来了，不耽误学习吗？"我知道不应该当着爸爸的面掉眼泪，可还是忍不住地哽咽，握住爸爸枯瘦的手，我的泪在无声地流，难过得似乎一句话也说不出来，从来没觉得爸爸这么瘦小羸弱，他在我心里一直是那么高大坚强。

至今我都有点儿责怪妈妈，其实爸爸在我高三的下半年就已经发现身体不舒服了，可为了不影响我参加高考，他一直自己扛着没去医院做检查，后来又忙着张罗送我上北京去读书的事，尤其是送我到北京后，爸爸为了省钱，四十多个小时硬是坐着回去的，到了昆明又坐了十多个小时的长途车才回到普洱。一路劳累辛苦，回到家身体就出了状况，再去医院检查发现已经是癌症晚期，可是为了让刚到北京的我安心读书，爸爸一再叮嘱妈妈不要跟我说他的病情，直到最后医院下了病危通知书，爸爸才同意妈妈给我请假让我回来见他一面。这是我和爸爸的最后一面，因为我回来陪爸爸不到五天他就去世了。

那是我人生记忆最深刻的一次国庆长假，整个假期都在处理爸爸的后事。爸爸突然走了，妈妈几乎崩溃，我平生第一次觉得自己长大了，我要坚强冷静，我不能再像以前那样任性自我，我要让妈妈觉得爸爸不在了她还有我，这天塌不了。也许是给爸爸处理后事的时候我一直在克制自己的情绪，等这一切真的都处理完了，我空了下来，看着眼前这熟悉的一切，爸爸经常坐的那张椅子，餐桌前再也没有他的碗筷，我的眼泪再也无法控制，趁妈妈没在家我狠狠地哭了一场，可妈妈一回来我又装作若无其事。爸爸走了，我就成了家里的顶梁柱，我不能让妈妈看到我的脆弱和无助，我觉得她很需要我的保护和安慰。

国庆长假很快就过去了，我面临着返校，妈妈不舍得，她劝我，爸爸已经不在了，她就剩下了我一个依靠，她希望我留在家乡，别再走得那么远。看到一夜间老了很多的妈妈，我犹豫了，可是想到爸爸送我到北京，跟我说的一番话，想到爸爸从北京回来就一病不起，我对妈妈说："妈，不是我不想陪着你，只是我不想辜负了我爸，他千里迢迢送我去北京，他对我的期望我懂，我不愿意让他为我失望，再难我也要坚持把书读下来，我要让爸爸在天上为我感到骄傲！"我相信妈妈也是懂我的，尽管她有些不放心，还是在假期结束让我按时回到了北京的大学开始读书。

再次回到北京，我觉得自己真的长大了，开始懂得自己需要什么。三年的大学生活很快就在我的努力学习中过去了，毕业后我也很顺利地在一家公司找到了一份做前台秘书的工作。可真正工作后我才发现，北京真的太大了，在这里生存不是一件容易的事情。那时我跟别的女孩合租房子，每天上下班要在路上奔波几个小时，不到一年我几乎筋疲力尽，萌生了要回老家发展的想法。可就在这时，一个男孩闯入了我的生活，他是东北人，当时是我工作的那家公司写字楼的物业经理，他人长得还是蛮帅的，而且对我特别有意思，可我觉得自己年龄还小，事业也没起色，有点儿不想谈恋爱。后来这个男孩找了我们领导说情让我接受他，我实在不好意思驳领导的面子，勉强答应和他交往一下看看。谁知第一次他请我吃饭我就对他挺有感觉的，有点儿一见钟情的感觉。他很会表达，也挺朴实，就是有些贪玩，虽然比我大一岁，但他好像并没有长大的样子。

我们两个一个北方人一个南方人，不光地域差异很大，性格上也有很大的差异，在一起谈恋爱分分合合几次，我比较喜欢居家，他却喜欢逛夜店泡酒吧，每天不玩到下半夜不着家，而且，他身边喜欢他的女孩也不少，整天莺莺燕燕的，这是我最看不惯的地方。纠结了大半年，我还是决定和他分手，可就在这时我发现自己怀孕了，孩子的到来让他的父母和家人都特别开心，尤其是他的妈妈对我呵护备至。老人对我一直都很好，真的像我的妈妈一样，让我也很感激，又恰逢过年，虽然我妈妈也一直不同意我嫁得这么远，可听说我怀孕了也就不说什么了，就这样我们是在一种完全没有心理准备的情况下奉子成婚。

婚后我很快生下了儿子，公婆对我很好，孩子基本上都是他们和阿姨照顾，我只需要陪着孩子就行了。有了孩子，我完全辞去了工作，开始在家里做全职妈妈，经济上也变得很依赖。虽然老公和公婆都对我很大方，他们家的经济条件也很好，可以说衣食无忧，我每天的生活就是逗逗孩子，买买东西，逛逛街，什么压力也没有，可我就是不快乐，不开心，纠结于和老公的关系。

那时候，我在家基本与社会脱节，也没有自己的朋友圈子，每天就盼着老公早点儿回家陪陪我和孩子，可是我这个老公即使结了婚做了爸爸还是像婚前那样贪玩，经常半夜四点钟才回家，我问他为什么这么晚才回来，他说为了让我和孩子休息好，怕打扰我们睡觉，他总是觉得我们睡了他再回来比较好。除了晚归，老公的手机上还总是有各种不明身份的女孩的暧昧短信，虽然我从来没发现什么确凿的证据证明他有背叛行为，但我那时就是不自信，就是怀疑他在外面沾花惹草不够忠诚，为此，我经常和他吵得天昏地暗，哭得稀里哗啦。很多人都认为我嫁给他是因为他的条件好，可只有我自己知道我很在乎他，也很依赖他，自从在家做了全职妈妈，他就是我的一切，我的身边没有朋友，我把所有的目光都聚焦在了老公的身上，在乎他的一举一动、一点一滴。我相信那个时候的他也一定感到压力山大，所以，他才不愿意回家，不愿意跟我在一起聊天，甚至不愿意看见我总是愁眉不展的样子。

儿子两岁的时候，老公因为生意上的事儿去了外地发展，我们大概分居了不到一年。我感觉对于一直很爱玩的他来说就像远离了枷锁，他愈发跟我疏远了，有时候一天都电话找不到人，好容易打通电话，他总说忙，没时间，我感到我们之间真的有了很大的危机。为了让老公不至于越走越远，我下了很大的决心，从北京搬到了外地，准备好好守在他身边，可是没想到我们还是见了面就吵，我不信任他，他不理解我，好几次我无法忍受与老公的冲突，买了飞机票就跑回了云南，可回到老家又舍不得儿子，只好散散心再回来。几次这样的反复让我突然觉得累了，不想再过这样的日子了，我提出了离婚，什么我都可以不要，只要儿子归我就可以。可能我经常说这样的话，老公已经见怪不怪，他经常说："好，离婚，你先去，我随后就来。"

有时候，老公还会说："就你现在这样，离了婚谁养活你？你连个工作也没有，没钱没收入，你拿什么过日子？拿什么养活儿子？"说实话，老公的这番话真的让我很痛，结婚几年来，我除了在家照顾儿子，从来没有工作过，更别说有什么收入了，可以说花的都是老公和他家里的钱。现在，我过够了这种没有尊严、没有安全感的生活，想要离开却突然发现自己离开这个家分文没有，根本无法独立地生活，更别说给孩子一份有保障的生活了。

也许看我在经济上卡了壳，老公有些得意，有点儿看我的笑话的感觉。这个时候我发现我真的好像他们家多年以来养的一个宠物，看上去光鲜亮丽，可是却一直活得很不舒展、很不自由。痛定思痛，我明白了我的问题出在哪儿，那就是我经济上的不独立带来了人格上的不完整，我在他人的眼里是不具备价值的，我只不过是一个附属品，尽管我也很自我，很渴望实现自己的价值，可我的生活方式决定了我的命运，只能是目前这样的既没有话语权也没有家庭地位的状态。

经过了很长一段时间的思考，我决定要实现自己经济独立的梦想。我当时的想法是，我一定要先赚钱，先让自己可以有独立生活的能力，至少我可以自己养活自己，不至于离开了老公就无法生存。至于当时想要创业的目的也很简单，就是想要赚到钱以后跟老公离婚，离开这个让我又爱又痛的男人，寻找自己的那份自由的生活。

第一次创业我选择了自己最喜欢的服装，因为自己也爱穿，而且品位也不错。我租了门面房，开了一家服装店。刚开始起早贪黑地去进货，打理得还不错，赚了一点儿钱，可是，毕竟我没有经验，干了一段时间发现根本就不赚钱，还特别地耗人，孩子也照顾不了，家里的事儿也扔下了，有点儿得不偿失，后来我果断地就把门店给关了。第一次创业宣告失败。

虽然第一次创业失败了，但我并没有气馁，因为和老公的关系一直很紧张，我已拿定主意要创业，要经济独立，因为我感觉自己能够经济独立的那一天，也就是从这个不怎么开心的婚姻里解脱的那一天，为此，我继续寻找创业的机会，一心想要找到适合自己的发展事业的机会。当时我也动了脑子，感觉像我这样没有什么经商经验、没有什么雄厚资本、还有孩子需要照顾的妈妈创业，一定要找到适合自己的项目和领域，而且不能有太大的投入，我觉得容易上手、本钱小又薄利多销的产品适合我们这些刚刚创业的妈妈。

2013年，一个偶然的机会，我联系上了原来的同事，发现也是孩妈的她现在也在自己创业，做淘宝做得风生水起，赚了不少钱。我开始不断地和她交流，自己也开了淘宝店，经营一些服装饰品，居然也运转得不错。后来，在我的这位好朋友加合作伙伴的带领下，我们又开始做直销，2014年正式开始做电商、微商，代理了不少产品，也一直在发展团队，团队由一开始的几个人慢慢地不断壮大，效益也一直在不断地攀升。

后来做微商的渐渐多了，竞争越来越激烈，我发现，想要做好微商，不但要有给力的团队，还要有与众不同的产品，我开始到处去寻找可以给我们带来很好的商机，又非常有个性的产品。值得一提的是我老公在我创业这段时间的变化，他大概也经历了三个时期，第一个时期，我刚刚开始做淘宝，做直销，他不屑一顾，经常说，你就当个解闷儿的事儿干吧，反正有得玩儿就行，你好好玩儿我也省心。不过我那个时期真正开始创业以后，每天忙得什么也顾不上了，老公几点回来的、几点出的门一概不关注，因为我不像以前那么盯着他了，我感觉他也轻松了好多。不老盯着他了，我也看不到他身上的那些毛病了，有时候他跟我还开开玩笑，逗我一下，我们两个的关系似乎有了转机。

尽管这样，可我创业赚钱就是为了和他结束这段婚姻的念头并没有变，我一心想的就是尽快经济独立，尽快赚到足够养活自己和儿子的生活费，到时候我就潇洒地和他拜拜，让他自己玩去，我在这个男人身边受够了！自从自己开始创业，我突然觉得我还是蛮有天分的，无论是跟客户推荐产品，还是发展团队成员，我都做得不错，而且，大家都很喜欢我的性格。在家里做了六年的全职妈妈、憋屈压抑的妻子，我以为自己再也不会开心地大笑了，可是，开始创业以后，我每一天都很开心，因为把一款好的产品推荐给客户很开心，发展了一个新的代理很开心，晚上一算账发现赚到了钱很开心。心情好了，我自然也就轻松了很多，因为做微商很多产品需要通过朋友圈的传播推广，我开始打造自己在朋友圈的形象，开始积极地保养皮肤，每天把自己收拾得美美的，去朋友圈跟大家分享。很多朋友惊讶地发现，原来那个有点儿像怨妇的莎妮、那个锦衣玉食却总说自己不快乐的莎妮不见了，现在朋友圈里的莎妮是美丽的、优雅的、充满了自信的性感辣妈。

看到我越来越火辣性感，生意也越来越红火，老公有点儿坐不住了，这应该是他的第二时期。他回家的时间开始越来越早了，以前我一打电话问他什么时候回来，他就不耐烦地挂电话，嫌我烦，现在我忙得根本就顾不得跟他打电话，可是，他明显地自觉多了，经常早早地就回来了，围着我嘘寒问暖的，一副很殷勤的样子。这时候的我完全沉浸在创业的感觉里，真的没时间去关注他的一举一动，我们之间的关系整个大逆转，原来是我特紧张他，整天围着他转，现在他开始紧张我了，因为我基本做到了经济独立，自己的开销完全自己来承担了。

看着我每天在家里把自己收拾得美美的，刷刷朋友圈、发展发展代理就可以赚到钱，而且营业额越来越可观，老公有点儿坐不住了，这时他的实体也越来越不好做，过去靠应酬、靠东奔西跑还可以有点儿业务，可现在越来越难做了。他开始对我的事业平台感兴趣了，不仅很少再出去应酬，而且下班一回来就开始帮我理货，发货，还边干边问，一副对我的业务很感兴趣的样子。这时我的业务量越来越大，有时候真的是忙不过来，老公的加入让我有些轻松的感觉，我开始跟他分享做微商的技巧，也跟他交流一些营销的经验。我老公毕竟原来也是做生意的，头脑很灵活，很多事儿一点就透，而且，有的时候他的主意比我还多，我们开始联手做事业平台，出其意料地不再吵架了，过去谁都看对方不顺眼，可现在我们成了最默契的搭档。

老公也终于从怀疑、不屑到观望、好奇，进入了第三阶段，开始和我一起学习成长、联手发展事业了。他毕竟是一个男人，眼界、心胸都很开阔，他的加盟可以说让我的事业又上了一个台阶：首先从产品上说，我刚开始做微商时，代理的产品并不多，因此效益有限。后来老公加入以后，他开始帮助我到处寻找可以代理的比较有市场前景的产品。老公的老家在东北的农村，那里有一种古法种植的石板大米口感特别好，又是绿色食品，但因为销售方法太传统，不仅销路不好，而且很少有人知道。老公发现了这个产品后，觉得现在大城市的人追求生活质量，对绿色无污染的食品特别追捧，他跟我商量把这种古法种植的绿色大米放到我们的微商平台上销售，既给更多的人带来安全的食品，又帮助老家的农民创收，使他们把这种传统大米的种植方法传承下去，可以说这也是一种文化传承吧。

这种绿色大米一上线，销量真的不错，给我们带来了新的业绩。当我发现新鲜的农产品在微信和电商的平台上很受欢迎时，觉得这是我们的一个新的机会，因为开发的产品越多，我们的事业才会越做越大，平台也就会越来越有吸引力，也会让更多的代理商愿意加入我们的团队，团队壮大我们的事业版图才会更加强大。就在这时，我的一位江西的代理把她家乡的一种赣南脐橙，也是很好的农业产品推荐给了我，这是一种非常新鲜、绿色无污染的果品，而且味道甘美，比我们在市场上买到的脐橙都好吃，因为，它完全是在树上成熟的，不会经过催熟、染色的渠道来上市。我很感兴趣，也想到要自创品牌，后来我跟这位代理几经探讨，把这种来自赣南山区的绿色脐橙取名"小橙印象"，当作自己微商平台上自主品牌农产品推向市场，销售一片飘红，脐橙上市的时候，我们的货供不应求，很多买家都要提前好多天预定才能拿到货。这些新鲜绿色的农产品一上线就如此受欢迎，是我这个在城市里待惯了的人没有想到的，为此，我也对用这种方式来帮助农民创收，走互联网+农户的经营模式发生了极大的兴趣。

2015年对我来说是非常不一般的一年，在这一年，我的团队发展到了目前的300多人，我的营业额还不到一年就已经超过了500万。也就是在这一年，老公宣布退出做了多年的传统行业，正式加盟我的团队，成为我的得力帮手；也就是在这一年，我发现，当老公成为我的同事、我的搭档后,我们之间开始了新的感情修复之旅。由于我每天都很忙,不断地接单下单,有时候孩子、家务真的照顾不上,结婚以来一直很贪玩的老公开始恋家了,有时候孩子和家务几乎都是他在打理,当他默默地、很有耐心地做这一切的时候,我就很感动,过去他就是一个让人操不完的心的大男孩,现在他真的很像一个体贴的丈夫、负责任的父亲。是创业让我们两个都有了脱胎换骨般的成长,我不再是那个每天怨气冲天、憋屈压抑的小女人,他也不再是那个视家为旅店、责任感淡漠得让人绝望的不懂事的男人,我们两个都有一种重生的感觉,感觉一切都可以重新开始了。

到现在为止,我们结婚整整八年了,可以说一直缺乏安全感的我终于开始有了踏实的感觉,这感觉是创业以后、有了经济独立的能力后才开始有的。我曾经说过,我开始创业的理由是想赚到钱以后可以离开这个男人,现在想想,真的是这个选择帮了我。虽然现在看这理由幼稚得可笑,可是没有当初的痛下决心,自己创业独立,就没有我的今天,更没有我和老公终于找到了能够甜蜜相守的机缘,所以,有一句话叫作"请感谢折磨你的人",我觉得说得很对,如果不是当初和老公的相处天天让我抓狂,我可能永远不知道自己会有这么大的能量,可以做这样的一番事业,不仅仅自己创业,还带动了这么多的妈妈一起创业成长。因为在我的团队里几乎都是妈妈在创业,她们的热情、她们的执着,都让我觉得分享真的是一件很美好的事情。

自从创业以来，很多人都觉得我变了，变得更加自信，更加美丽、优雅，更加坚强勇敢、无所畏惧。只有我自己知道，莎妮没变，她依然是那个爱美爱自由，那个渴望在生活里永远不迷失自己方向的外表柔弱、内心强大的女孩。创业不仅让我找到了自我，还让我发现了自我。自从做了妈妈后，我总是很害怕孩子的眼睛，我怕他认为我是一个没有什么用的人，怕他觉得妈妈是一个懒惰的、不上进的女人，怕他哪一天懂事了问我："妈妈，你有自己的梦想吗？"自从开始创业，成为一位创业辣妈，我感觉在儿子面前我特有底气，我感觉我的努力、我的勤奋儿子可以看得到，他应该知道妈妈真的不是一个没有梦想的人，妈妈是一个正在为梦想努力追求的女人。说实话，我很希望我的儿子为有我这样的勤奋上进的妈妈感到骄傲，因为有一天，我希望他也成为像妈妈这样的人，勤奋，独立，不会轻易放弃。

未来我的梦想还有很多，我想把自己的事业平台做得更大，并且带动更多的妈妈来一起创业，我希望妈妈们懂得，如此努力并不是为了别人，当一个女人开始知道她的辛苦打拼，只是为了自己心中的小小梦想，或者是实现自我存在的价值感的时候，她就会真正打开自己的人生格局。人生的结局常常是由格局决定的，不管是事业还是婚姻皆是如此——这是我的创业经历带给我的最真实的感受，我愿意跟所有的妈妈分享。

中国辣妈创业主人公

靳 莹

北京人 35岁

02

曾以为做一个全职妈妈是自己最大的快乐,可随着孩子渐渐长大,我却发现自己的舞台越来越小,生存的空间越来越不美好。当一个女人为了婚姻和孩子放弃了自我的时候,也许正是她的自我价值感最低的时候,这样的感觉让我苦闷,我想我必须拥有自己的一份事业了。

我出生在北京，父母都是高知，从小我是在衣食无忧的环境中长大的，父母虽然对我要求很严格，但他们也很宠我，舍不得让我吃一点点苦，要不是遇上了我的老公，我的一生可能会很平淡，嫁一个不好不坏的人，过一份简简单单的日子。我和我老公认识的时候，他16岁，是一个来自农村的男孩；我15岁，是一个身穿漂亮校服的北京女孩。要说我的创业，我肯定要先聊聊我和老公的这段看上去有点儿奇葩的感情。

少女时代的我爱看书，也很爱美，是一个对未来充满了幻想和憧憬的都市女孩。十五六岁情窦初开，我无数次地想象过心目中的白马王子是一个怎样的他，那时候我老公只是一个来自农村、在亲戚的小卖店里帮忙的懵懂少年，而那家小卖店就在我家楼下的大院里，每天上学我可能都会跑进去买点儿什么，当时只觉得这个男孩人很老实，挺憨厚的，土土的，并没有对他有别的感觉。

也许是因为年龄相仿，他的性格又很随和，我们很快就能聊到一块儿去，但我那时也很单纯，并没有想过我们之间会发生什么，而且感觉我们之间几乎是完全不同的人，也真的不可能会有什么关联。后来他就回老家了，我也如愿考上了大学。19岁时，我读大二了，有一天突然想起他来了，有些好奇，因为自从他回了家乡，我们之间就很少再有联系，隐隐中我感觉对他还有一些牵挂，我主动给他打了一个电话，知道他已经在家乡跑运输自己赚钱了，也挺替他开心的，就这样我们不知不觉一下聊了几个小时，好像有很多的话要跟对方说。也许真的是年龄大了一点儿，那时我感觉他对我挺主动的，有那么点儿意思，我也好像挺喜欢他的，可是仔细想想，我们根本就不可能在一起。我的父母对我的期望值一直很高，他们至少会希望我未来找一个门当户对的男朋友，可是，感情这东西就是很奇怪，自从我们两个联系上以后，那种情愫就在不断发酵，他对我有好感，我对他很牵挂。这也许就是爱情吧，我想，就这样在看上去条件悬殊的两个人之间发生了。

后来我想，也许正是这种悬殊形成了一种"致命"的吸引力，让我后来在很艰难的时刻都坚持和他的感情。2001年我大学毕业，进了一家建筑事务所做秘书，我业务能力很强，为人也很好，这份工作我一干就是七年。也就在这时，我们俩的关系也正式确定了，我建议他来北京发展。为了跟我在一起，他结束了在老家的工作来到北京。刚来的时候，我们都很困难，我刚刚开始工作，工资很低，他手头也没有积蓄，最难的是住的地方，我跟他在一起以后前前后后搬了11次家，真是什么苦都吃过了，很多人见到我都觉得我是个漂亮姑娘，一看就是养尊处优的，哪像个吃苦的人？可我跟他在一起，就是什么苦都得吃，冬天租的房子没有暖气，房子小得连个洗衣机也放不下，我都是用手洗衣服。

来北京后他也开始创业，一开始开了个物流货运站，我每天下了班就去给他帮忙，有时候没有收入就全靠我的那点儿工资维持，那时的日子过得真的挺艰苦的，可奇怪的是我并没有觉得苦，每天跟他在一起还感觉挺快乐的，哪怕是天天为了住到哪里而发愁，也没觉得这样的日子无法忍受。

后来我的父母知道了我跟他在一起，特别不高兴，我妈还打了我一顿，他们主要觉得双方家庭和两个人的成长背景相差太大，而且我大学毕业，他没上过大学，我父母都是知识分子，比较看重受教育程度，倒不是嫌弃他的家庭，主要怕将来两个人差别太大，过不到一块儿去。

包括我的婆婆——就是他的母亲，也不同意我们在一起，因为在她看来，我一个北京的娇气女孩，将来也是没办法跟她的儿子把日子过好的。可就是在所有的人都不祝福我们的情况下，我还是很坚持，哪怕和他在一起有些颠沛流离地过日子我也很开心，因为我喜欢他的勤奋、朴实、能吃苦的品质。

其实，他来到北京后发展得也很不顺利，好容易建了个物流站又出了事故，赔了十几万，陆续做一些别的小生意也只赔不赚，很多次，他拿起了行李想要离开北京回老家发展，都被我一把给拽住了：一方面是我舍不得他，本来家人就反对，他再一走，我想我们俩肯定就没戏了；另一方面，我也觉得他毕竟是一个男人，就这么一走了之实在有些窝囊。我一直坚信，凭他的勤奋和聪明以及特别能吃苦耐劳的品质，只要有机会他一定可以成功！也许这就是爱情的盲目性，我当时就是相信他，坚信他会成为一个有出息的男人。

2006年，他开始在一个亲戚那儿做业务员，没想到他的业绩天天飙升，收入也逐渐好了起来。那时他对我很好，非常知道疼我，经济上对我也很大方。也就在这时，我的父母也看到了他的努力，看到了他凭自己的能力在一点一点地改变自己的生活处境，我爸妈毕竟也是有文化的人，渐渐地开始接受他的存在，并且还经常在经济上帮助我们。当时我妈提出了两个条件，一个是要求他去读一个大学文凭，再一个就是要求他要留在北京发展，不能再回老家。当时我们两个已经处七八年了，真的很有感情，我母亲的要求他毫不犹豫地答应了，还真的读了一个大学文凭出来。后来他的工作也比较稳定，2007年我们终于结婚了，虽然那时我们还是没有自己的房子，但已经有条件租一个比较好的房子了。重要的是我们终于可以在一起了，这让我们感到很幸福。

2008年，我们有了儿子，为了照顾好孩子，也为了照顾好家庭，我辞去了工作，开始在家做全职妈妈。2009年，老公终于又开了一家公司，主营保温材料，而且由于他真的很聪明，也很勤奋，公司当年就盈利，有了不错的业绩，我们这个小家庭的经济状况一下子有了很大的改善，这时我也很开心，看到我爱的这个男人不断地在向成功的目标迈进。

孩子稍大一点儿，我也开始到老公的公司去，帮他做销售，可是自己做公司压力非常大，市场竞争又很残酷，那时老公的脾气很大，经常为了一些琐事跟我争执，而且他也很不喜欢我参与他的事情，我做得也很不开心，只好又回归家庭做我的全职妈妈加全职太太。可是我毕竟在职场待过很多年，这种衣食无忧、经济上没有什么压力的日子我越来越感到很没意思，最重要的是，随着老公事业越来越发展，生意做得越来越大，他回家的时间也越来越晚。我每天围着孩子、家务转，跟外面的世界几乎脱节，眼睛里只剩下了老公和孩子，每天不是盯着老公几点回家就是盯着孩子上特长班，这样的日子让我觉得自己很没有价值，甚至非常不快乐。

因为没有收入，我经济上也很依赖老公，虽说他对我一直很慷慨，可我自己觉得这种总是伸手的感觉并不好，我也曾经是职场丽人，也受过很好的高等教育，我本来是可以创造价值的人，就这么在家里把自己荒废了，真的是于心不甘。可那时老公非常忙，经常凌晨才回来，问他怎么这么晚才回家，他就一句话："陪客户去了。"我想跟他聊聊天，不知为什么话一出口就是抱怨、指责，甚至歇斯底里，满满的负能量，连我自己也觉得自己的情绪出了问题。看我天天心情不好，老公也懒得理我，他经常住在单位不回家，让我有时想找人吵架都没机会。我那时也不知为什么，就是烦透了，就是觉得自己为这个家、为这个婚姻付出太多，眼看孩子就要读小学了，我也没有找到出路，郁闷当中我和老公的相处就更加糟糕。终于有一天，老公提出要跟我离婚，理由是他的压力太大，他只想一个人静静。

这是2014年的秋天，是我们结婚整整七年的时候，我做梦也没想到别人常说的七年之痒让我也给碰上了，我也感到很伤心，因为我跟老公在一起十几年，那么艰难的时候都一起熬过来了，那时候我们大冬天住在没有暖气的房子里都没有感觉到苦，一份饭两个人吃也没觉得难，还挺开心的，现在日子好过了，买了自己的房子，经济上也没有太大的压力了，这日子反而过不下去了，难道真的是夫妻可以共患难，却很难同享福吗？

说实话，我从来没想过离婚的事儿，虽说我们有时吵吵闹闹，可这份来自少年时代的感情我一直很珍惜，而且，我们在一起经历了多少不容易的时刻、多少伤心而又开心的故事，只有我们知道，我不想让这份来之不易的感情就这样结束。可是，那时候的他身体有些问题，情绪也很不好，生意上也压力巨大，他坚持要跟我分开，认为只有这样才可能减少压力，才能够解脱一些，在双方的老人劝说无效后，我答应了老公离婚的要求，2014年10月31日，我们正式办了离婚手续。

办完手续，我一个人回到家里，面对空起来的屋子不由得放声大哭。原来他就是再晚回来，毕竟这还是他的家，我们还是完整的一家人，可现在他搬走了，只剩下了我和儿子，我对自己未来能不能把这个家担起来的确有些恐惧，老公离开了我，也给了我让自己深深地反思的机会。我开始想，自己结了婚、做了妈妈以后都做了些什么？这些年来是不是也很倦怠地经营着这桩婚姻？是不是面对衣食无忧的生活也比较惰性，放弃了所有的追求？是不是觉得自己做了妈妈就应该放弃自我的价值实现，而把所有的希望放在了孩子的身上？在跟老公的相处中是不是忘记了如何做一个善解人意、体贴包容的妻子，处处与他充满了冲突？

在不断地自我反思中，我好像已然理解了老公为什么坚持要跟我离婚，也理解了他总说自己压力太大、很难承受的心情，我觉得自己这些年真的太忽视了学习成长。老公和他的事业一直在成长，我却在家庭这个小圈子里走不出去，每天自怨自艾地过日子，这样的我还可爱吗？还值得别人爱吗？那段日子我几乎每天都在问自己。

离婚以后，家里空了，我的心也好像突然静了下来。我觉得自己太需要学习了，每天送孩子去幼儿园后，我就走进书店，开始大量地买书，婚姻情感的、励志的、人物传记，我买了很多回来。离婚以后，我重新规划了自己的生活，每天下午是我自己的下午茶时间，孩子不在，家里很静，我认真地读书；晚上孩子回来，我会陪着孩子一起读书，而且，自从孩子的爸爸走了以后，我要求自己每天脸上都要有笑容，我不想让孩子感觉到我的伤心、我的担忧，我只想让他觉得妈妈也可以把这个家撑起来，妈妈也一样可以让他很快乐。

可尽管这样，我也有很难过的时候，尤其是孩子总问我："爸爸什么时候回家呀？爸爸怎么这么长时间没回来了？"我不知道该说什么，只好搪塞孩子，蒙混过关。有时候孩子实在想爸爸了，就让他打电话，可是孩子不干，他说："我不想给爸爸打电话，没意思，我想看到真人。"说真心话，每当听到孩子这样说，我的心都要碎了，可当着孩子的面我仍然要装作很坚强，这让我感觉其实离婚对于成年人来说真的没什么，日子过不下去了可以不过，可是对于孩子来说的确是很残酷的一件事。

应该说还是我爱读书的习惯帮了我。我一直特别喜欢读书，也特别喜欢买书，在看了很多书以后，我开始明白自己的问题出在哪儿了，也开始懂得如何去解决自己的问题了。我感觉正是自己一直以来的不独立、很依赖的生活角色造成了婚姻的失败和不开心不舒展的人生，我觉得想要从这样的生活里走出来，我必须独立起来，必须强大起来，有一个自己的追求，有一份自己的事业，让自己成为一个有价值的女人。

我开始琢磨自己要做点儿事儿，虽然前夫给我的经济支持让我和孩子没什么经济压力，但我不想让我的儿子觉得妈妈是一个只知道享受的女人，不想让我的儿子为妈妈失望，我想让孩子知道妈妈也是一个有梦想的人，妈妈也可以为了自己的梦想去打拼，去努力。想起我的梦想，我觉得冥冥中这也许是一个最好的契机，因为我一直很喜欢和时尚有关的事物，喜欢研究时装和打扮自己，有时候不仅仅是为了美，更是因为喜欢，我最大的梦想就是开一家自己的时装店，也许现在我可以试一试。

我做了一下市场调查，发现由于市场形势不是太好，时装店的经营也很不容易，而且由于换季很快，时装特别容易压货，造成很大的成本风险，想要成功不容易。后来，我又想跟朋友合作在商场里开一个水吧，并为此做了很多的市场调查，发现这个项目投入很大，风险也很高，不太适合像我这样的初入市场的新手。后来我又考虑做婚庆公司，可发现婚庆一般都是节假日、休息日，对于还是全职妈妈的我来说完全不现实，尽管想做事情，但毕竟孩子还是需要我照顾。

后来我想起了自己喜欢的丝巾，因为平时喜欢时装搭配，丝巾作为最好的搭配单品，是我的衣橱里最不可缺少的，每到换季的时候，我都会去批发很多回来，作为配饰不断地让自己变换花样。我在想，丝巾不是珠宝，它不贵，又不占地儿，一个普通的女性拥有十几件珠宝很难，但有个几十条丝巾却并不是难事，而且，丝巾随着季节的变化需要不断地更新款式，是比较大众化的快消品，容易被女性接受，这不正是一个非常好的市场机会吗？而且，丝巾是小本生意，不用投入太大就可以做起来，进货以后因为它体积小也不占地儿，方便囤货。

拿定了做丝巾的主意，我开始在58同城、赶集网试着发布一些信息，结果还真不错，我进的丝巾因为款式很新颖，也很时尚，在网上居然卖得还不少，从一开始的一天十几条，到后来的一天三四十条。那时候，我每天到幼儿园送了儿子就直奔批发市场，买回货来又忙着给人发货，每天忙得团团转，但是很开心，觉得生活很充实。就在这时，有一位我的客户，她是一家挺大的美容院的老板，她在我这儿定了很多丝巾后觉得不错，又建议我到她的店里去推销丝巾，因为店里很多中高端的女客户也很喜欢丝巾。

我一听很开心，带着很多货就去了，到了那里，我一边跟大家讲什么是今年流行的款式，一边搭配给她们看，并且用丝巾做出各种造型来教大家如何把丝巾戴得更有品位。没想到我的"表演"超受欢迎，大家都很喜欢，一会儿工夫我带的丝巾就销售一空。美容院的老板见我的丝巾如此受欢迎，马上提出来让我在她的美容院里设一个专柜，专门卖我的丝巾，而且提出不收我的租金。

没想到小小的丝巾却给我带来了大大的自信，我突然觉得自己也并不是像所想象的那样一无是处，离开了老公、失去了婚姻又怎样？我还是我，那个有能量有自我的女人！只是那些依赖的日子里我忘记了女人即使做了妈妈也应该有自己的追求，做了妻子也不应该放弃自己的梦想，还好，我终于明白了如何去做一个被尊重被珍惜的女人，如何去做一个让孩子为你感到骄傲的妈妈。有了这些小小的成功和感悟之时，正是我刚刚离婚一个月的时候，这一个月我飞速地成长与成熟，所以，想起前夫我对他只有感谢，要不是他，我真的意识不到自己的问题，找不到自己的价值所在，还会消极沉沦下去，想想真的是很可怕的一件事。

2015年，我的丝巾生意已经初具规模，我在杭州找到了合作的厂家和设计师，跟他们合作生产自己的丝巾产品，为此，我还注册了属于自己的丝巾品牌"映烙轩"，成立了工作室，准备规范化、规模化经营我的丝巾项目，为此我开了微店，也建立了自己的销售团队，我的发小和闺蜜晓琳成了我最好的合作伙伴，她是从小和我一起长大的北京女孩，我们在一起合作后明确了分工，她负责产品的推广与销售，我负责设计与包装。现在的我们已经不满足每个月卖几百条丝巾的业绩，我的想法是要有自己的作品，有自己的创作理念和理想的时尚丝巾作品，作为我们工作室的主打产品，并以此来赢得市场和用户。我的丝巾设计风格也是走大牌路线，我希望我的丝巾将来可以成为中国本土的"爱马仕"，我有这个信心或者说野心。

如果说我的梦想仅仅是丝巾设计也太小看我了，因为我知道丝巾和时装是孪生姐妹，她们相亲相爱，不可分离，她们在一起搭配起来会让女人更美，我下一步的梦想就是要设计时装，把"映烙轩"的时装品牌推广出去，因为在国际上高端品牌的丝巾都是跟时装搭配的，我现在还尝试把饰品与丝巾和时装搭配起来推向市场，目前已取得不错的市场反响。我现在创业完全走兴趣路线，我感觉做自己喜欢的事业再累再苦也很开心，觉得很有成就感，也很自豪，虽然离成功尚远，可我很享受这个努力的过程，不管大小，这是一份我热爱的、属于我自己的事业，也是我实现自我价值的一个平台，虽然不太大，但它已经让我做到了足够的经济独立和人格独立，让我觉得自己还是可以强大起来的女人，这让我很欣慰。

看到今天的自己，我不敢想象两年前的那个我，那个每天都在抱怨老公为什么不早点儿回家、孩子为什么不好好努力、好好的日子为什么就是过不好的我，如果没有改变人生会怎样？那时候我以为我过得不开心都是别人的原因，我的眼睛每天都盯在别人身上，就是没有意识到自己的问题。现在我终于明白了，期待不如改变，人生就是这样，总是期待别人改变不如自己懂得转身，自己尽快学习成长，于是，我改变了，我成了一个有自己的梦想的女人，成为一个重视自己的价值实现的妈妈，我可以感觉得到儿子看我的眼神也跟从前不一样了，我希望我成为孩子心目中最棒的妈妈。

2015年春节过后，离家许久的前夫从老家回来了，这一次我们都非常平静，像老朋友一样问候，像亲人一样寒暄，我说起了我的近况，说起了我的丝巾生意。也许是我的变化让他感到了惊讶，或者我的成熟让他有些许感动，我们之间感情上居然都有些激动，我的心里居然还有以前的那种悸动，这让我知道他还是我爱的那个男人。那天晚上，我们聊到很晚，他还要回单位去住，儿子拉住爸爸说什么也不让他走，这一刻我几乎落泪，我感觉自己真的是个很不成功的妈妈，我觉得一个好妈妈一定会好好地爱孩子的爸爸，为孩子缔造一个完整的家庭应该是父母对孩子最大的爱吧。

那天，前夫答应了儿子没有离开，我们之间好像也有了某种默契，现在我忙自己的事业，前夫忙自己的公司，我们经常在一起交流，他也给了我很多宝贵的建议，我们虽然没有复婚，但对彼此的感觉都在好转，家庭生活好像也和谐了很多。最开心的是儿子，因为爸爸又会经常陪在他身边了，我也在不断地学习做一个智慧的妻子，懂得了如何经营自己的家庭。

可以说，是创业让我快速成长，是对梦想的追求让我飞速成熟，所以，我感谢生活，是它给了我最好的教育，让我更加懂得如何才能够成为一个被人珍惜、敬重的女人，无论是做妻子还是做妈妈，女人都不应该放弃自己，自己的路自己去闯，这样的人生才更有价值。

中国辣妈创业主人公

谢惠玲

广东惠州人 30岁

03

大学毕业后，大多数同学热衷于去事业单位找一份踏实的工作，我却拿定主意想要自己创业，虽说并不知道自己的方向在哪里，但我相信，只要有一颗敢拼的心，就一定会赢！

我的成长经历中，我觉得最应该感谢的是我的父亲，我感谢他从小对我要求很严格，并没有把我当成一个女孩子来娇生惯养，这养成了我独立、坚强的性格。但是父亲严格的管教也在某种程度上让我有一些小小的叛逆，那就是我总想做出一些与众不同的事来，让父亲觉得我是一个很棒的女儿。

2008年，我大学毕业回到家乡惠州，父亲已经在事业单位给我安排好了工作，可是我根本就不想去过那种朝九晚五、每天混日子的生活，我的梦想是做自己喜欢的事情，有一个属于自己的平台，创一份自己的事业。刚开始父亲并不同意我去创业，他说："你刚刚大学毕业，一没人脉二没资金实力，创业谈何容易？女孩子过两年找个好点儿的老公嫁了，过一份平平安安的日子不好吗？创业风险太大又很辛苦，爸爸会很心疼你的。"父亲在商场打拼多年，个中艰辛他当然比我更清楚。

也许我真的是有一点儿倔强，父亲越这么说我的态度越坚决，并且已经在着手考察创业项目。见我很坚持，父亲不再说什么，同意借给我一部分资金作为我的创业启动支持。很快，我加盟了深圳一家女鞋品牌代理，在我们当地的一家大商场开了一个女鞋专柜。那时我特别辛苦，经常一个人开着车跑长途进货送货，没有节假日，没有周末，可也许是经验不足，也许是项目没有找好，尽管我为这个店付出了很多，但经营始终没有什么起色，最后也没赚到什么钱，苦苦支撑了一年多以后再也无法坚持，只好放弃。

第一次创业以失败告终，我也没什么好说的，正好我父亲的家族企业缺人手，我只好听从父亲的劝告，去家族企业做管理，没想到这一干就是三年。在我第一次创业失败时，父亲曾经跟我长谈，他说他已经预料到我的如此的结局，可他为什么还会支持我？他就是希望我去尝试，去体验，创业是一种什么样的味道，他希望我通过自己创业积累更多的人脉资源，掌握更多的经验教训，体会到更多的不容易，这样才会更加珍惜机会，更加能够耐得住寂寞，为自己的下一步选择负责任。

爸爸的一番话让我理解了他的良苦用心，也让我懂得创业真的不是表面上看上去的那样简单，一个真正的创业者只有热情和冲劲儿是不够的，想要创业成功光有胆量和干劲儿也是不行的，他必须得历练，得经历失败和挫折，所有的创业者都是从失败中重新站起来的，但是这种力量要靠自我的成长来积蓄。尽管我当时对自己第一次创业失败还有小小的不服气，但是父亲的话让我彻底平静了下来，我认为父亲说得对，我是有一些盲目自信，把自己的创业看得有些简单，接下来我需要的是把梦想好好地收藏，让自己的人生历练得更丰厚，学到更多的管理智慧，拥有足够的驾驭能力，而父亲的家族企业正好给了我最好的机会。

在父亲的企业里一干就是三年，这也是我耐得住寂寞的三年，在这里我学到了很多管理的经验，结识了很多朋友，也开始真正懂得经营是怎么一回事。2012年，我结婚了，其实按照我自己的想法，我并不想这么早结婚嫁人，可是碰巧我遇上了自己喜欢的人。和老公的相遇也是有些神奇，那天我是无意中看到了他，那时的他很高大、阳光，很帅气，我有点儿被他吸引。晚上我跟闺蜜聊起他，正在我描述他是一个什么样的男人的时候，我的心脏几乎要停跳了，因为我又看到了他帅气地从我眼前走过，还是那样的阳光。一天里的两次邂逅，我觉得我们之间注定要发生点儿什么，找人一打听，原来他就是我们邻家的大男孩，他的父辈跟我的父辈都很熟悉，我们其实是很近很近的陌生人。接下来的一切都几乎是顺理成章的，我很快结了婚，很快有了宝宝。

2013年我做了妈妈，由于宝宝一直在由公婆照看，我基本上也没什么事可做，我在网上看到微商刚刚兴起，很多妈妈加入了做微商的行列。我一直是一个很喜欢尝试的人，喜欢各种新鲜事物和挑战，看到有的妈妈做微商赚到了钱我也很有兴趣，很快我也代理了一个产品。微商主要是在手机上做营销，加上我原来也有很多朋友，很快我就做了起来，第一个月就赚了一万多元，当时我在爸爸的家族企业做管理，辛辛苦苦每天上班也就拿一万多的薪水，这让我看到了微商领域蕴含的巨大商机。我开始想要从爸爸的企业里辞职专门做微商，可是找爸爸一谈，他不同意，认为微商成不了大气候，他很不赞成我去专业做微商。

这边跟爸爸谈着，我自己并没有停下脚步，微商我一直做得如鱼得水，第二个月我赚了三万多元，第三个月我赚了五万多元，一直做了六个月的微商，我觉得自己创业的时机到了，因为我一直代理的是别人的品牌，那时微商刚刚兴起，真正的好品牌并不多，尤其是化妆品，"三无"

产品、品质有问题的产品很多，不仅给消费者带来很多困扰，也给我们这些代理商带来不少麻烦。我当时决定要做自己的化妆品品牌，一个是觉得市场需求很大，因为我自己就很爱美，我懂得女人那颗永远爱美的心。再一个就是希望做一个安全的、有品质的化妆品品牌奉献给社会，让每一个爱美的女人都可以拥有她的呵护，减少大家对国产化妆品产品质量的后顾之忧。还有就是我做微商积累了不少客户粉丝和销售团队，这让我很容易就可以把市场做起来。2014年可以说是微商最火的一年，我不想错过这个商机，说干就干，看到我态度很坚决，一直不是太支持我的父亲也不再说什么。我从父亲的企业里辞了职，又开始天天跑长途，经常往返广州、深圳、珠海这些城市，找厂家，找配方，和工程师研究产品。

那段时间，为了研发出一款安全、有效的面膜，我每天都要在自己的脸上贴一百多张面膜来试验，有时候还让闺蜜和朋友来帮我做实验。那段时间，我脸部的皮肤非常敏感，几乎不能出门，因为只要一见风就会红肿起来，又疼又痒，去看医生，大夫就说我的皮肤因为过度刺激已经处于严重的过敏状态了。

为了设计我的这款面膜产品的名字，我琢磨了整整三个月，这个时候我真正体验到了一个创业者的不容易，尤其是一个想要创立自己品牌的创业者的艰难，不过我还是很幸运，经过了四个月的紧张研发和筹备，我的自主品牌的第一款面膜正式上线。为了庆祝这款创新产品的诞生，我召开了新闻发布会，当时有很多媒体来参与，毕竟这是我们的自主化妆品品牌，而我的这款产品也没有让我失望，第一个月就卖了三十万片，创下了不俗的销售业绩。

都说功夫不负有心人，为了这一天我几乎奔波了大半年，新产品一炮而红，自创品牌一上市就得到了消费者的认可和欢迎，我感到很有成就感，也初尝创业的甘甜。可是，好景不长，由于当时我们的化妆品品牌旗下只有这一款面膜产品，而消费者对这样的产品总是希望有更新的东西出来，这让我们的销售遇上了瓶颈，眼看业绩下滑，我当时着急得夜夜失眠，每天都在想该如何改变这种局面。后来我想，既然我们是自创品牌的化妆品，就应该靠产品说话，一个品种过于单一，没办法满足客户的需求，只有不断开发新的品种新的产品，才可以把我们的客户群牢牢地凝聚在我们的品牌周围，成为我们的忠诚客户，否则大家看你这个品牌后继无力，就会因为对你失望而离开你，那是一件非常可惜的事情。

我觉得父亲对我最大的教育就是让我懂得如何去面对困难和挫折，尤其是小的时候，每当我在外面遇上了问题或者不开心的时候，他总会对我说，先不要抱怨别人，不要找别人的原因，遇上问题先从自己身上找原因，先解决自己的问题，再说别的。当时还不是很理解父亲，总是觉得他对我太苛刻，过于理性，但是长大以后我真的特别感谢父亲，他的这种教育风格养成了我特别独立、遇上问题总会自己想办法去解决、从来不指望去依赖别人或者依靠别人来解决的个性，尤其是在我开始创业以后，这种体会就更加深刻，因为每一个创业者都像在大海上行船，也许海底布满了礁石，也许不断有大风大浪，也许会迷失方向，但是只要你有一颗坚持的心，有一个会面对问题解决问题的大脑，你就不会害怕风浪，不会让自己迷失。

经过一段时间的打磨，很快我们的一款粉底液成功上线，这款粉底液的配方我是在香港找到的，在我们的工厂里整整研发了两个月。新产品出来以后，我们找了一位"网红"做代理，因为这位"网红"在江浙一带很有影响，我们的粉底液一炮走红，很快供不应求，又创下了销售高峰。接下来，这款粉底液作为我们品牌的主打产品登上了2016年3月的央视广告，这标志着我们自创的化妆品品牌正在一步步走上更大的舞台。

自从开始创业，我感觉自己的大脑每天都在高速运转。以前看过一本书，叫作《和你的工作谈恋爱》，自从我开始了化妆品品牌的创业之路，我感觉自己已经到了和自己的品牌谈恋爱的境界，天天想的、琢磨的都是品牌推广和产品创新的问题。我自己本身是个做事情比较追求完美的人，我希望自己的产品也很完美，至少呈现出来的是最完美的状态，可是产品毕竟是产品，它总是有遗憾，有不够让人满意的地方，这就需要创造它的人特别地用心用脑才能做得更好。

我一边想让我的产品如何才能更完美，一边又在想不断研发新的产品，以满足越来越扩大的市场需求。创业者真的是需要眼观六路耳听八方，对市场的发展要有把握，要及时规划未来的发展，走在市场变化的前面。2015年11月，尽管我的护肤产品市场销售仍然非常好，但我又注册了属于我自己的彩妆品牌，这完全来自我对市场的观察和预测，因为在这之前很多商家都集中在护肤品牌产品的竞争上，而彩妆品牌卖得好的大多是进口品牌。我发现了这个市场上有些空缺的机会，找准时机及时推出了自己原创的彩妆产品，我们的第一支口红，上线第一个月就卖了十万只，可以说创造了销售奇迹，这实际上也是我没有想到的。现在我们的彩妆产品一直在不断地研发当中，我感觉到，一个品牌一定要靠不断地创新，出新才能占据市场，不断地拥有消费者的信赖。2015年，我们品牌创始的第二年，我们一直在研发新产品，几乎一直都有新品推出上线，这样的结果是给我们贡献了一千多万的销售额。现在我们的销售团队已经超过了两千人，她们当中大多数都是妈妈，我很开心帮助很多妈妈找到了她们喜欢的产品，开启了她们想要的创业之路，可以说，我的创业成功也带动了很多妈妈投入创业的大潮里来，这是我最感到自豪和骄傲的地方。据我所知，我们团队里有的妈妈一个月的收入都达到了五六十万，当然，我知道这些妈妈都是像我一样非常拼的妈妈，但是，创业可以给她们带来这么大的收获，我觉得我搭建的这个事业平台非常棒。

2015年是我创立品牌以来最忙碌也是最紧张的一年，因为我的品牌就像一个幼小的生命，它刚刚诞生，嗷嗷待哺，如果不好好照顾它，养育它，夭折的可能性处处存在，因为市场是残酷的，是你死我活的白热化竞争，我必须像看护我的宝宝那样用心，否则，有可能再一次失败。创业者每个人都是逆水行舟，不进则退，我也一样，每天都在想我该如何让我的品牌尽快成长强大起来，能够经得起风浪，经得起市场的大浪淘沙。而这时最让我感到愧疚的是，我这个做妈妈的角色扮演得并不成功，我的宝宝我已经很久没有陪他了，而且，由于我的工作大多是在用手机联系，我即使在家可能也总是要捧着手机，宝宝也许总是被忽视，他也渐渐跟我有些疏远，这让我非常难过。

现在我的宝宝三岁了，我担心他渐渐地不需要妈妈的陪伴了，更担心在我想要陪他或者可以陪他的时候，他已经不需要我了。后来，我跟所有的客户都打了招呼，告诉她们以后晚上 11 点以后就不要再找我谈工作的事情了，我要回家陪我的宝宝。自从开始创业，我不但没有了节假日，连周末也很少陪伴宝宝。现在，我无论再忙也坚决会在周末拿出一天的时间来陪宝宝，我的宝宝在一天天长大，我不想错过他每一个成长的机会，不想做一个有遗憾的妈妈，为此我可能要付出更多，但我不后悔，这是一个女性创业者必须有的选择。

创业这几年来，我感受最大的是自己的成长，第一次创业失败后，我曾经在很长的一段时间里怀疑自己，觉得创业对于我这样的女性来说也许真的是一座不可逾越的高山，有一段时间我很不自信，觉得自己的梦想都是很遥远的事情，可是我觉得我最大的优点就是不肯放弃，而且随时都在发现可以重新出发的机遇。在父亲的家族企业里的三年，我拥有了更多的管理经验和自信，新的市场机会的出现让我也发现自己其实并不甘心，所以，坚持不但成就了我创业的梦想，还激发了我的野心，打造了属于自己的化妆品品牌，让更多的中国女人美起来、炫起来成为我再次上路的动力。

2016年我还有更多的梦想，现在我们的品牌线上销售很火爆，我已经在策划要在全国的十几个城市连续开十几家实体体验店，我想让我们的品牌线上线下相互结合，为用户打造更好的体验感受，这是我想要把自己的事业版图做大做强的蓝图之一。我的另一个蓝图就是我们品牌的公益行动，我从一开始做企业就非常注重企业的公益活动，去年我带领我们的微商团队去了云南，资助了很多偏远山区的孩子，今年我们准备去西藏，去帮助那里的儿童，让他们有更好的学习环境，给他们送去更多的温暖。

现在最让我开心的是爸爸对我的评价，因为我从小就一直很在乎爸爸对我的看法，我希望自己是一个可以让他骄傲的女儿、一个从来没有让他失望的女儿。今天我做到了，爸爸现在很以我为荣，经常和他的生意伙伴提起我来，我觉得他对我是满意的。

我所在的惠州真的是很传统的一个地方，因为我本身是客家人，家庭就更加传统,我妈妈就是那种一辈子待在家里相夫教子的女性,我从小看她这样生活就很不理解。我一直在想,我长大了一定不要像妈妈这样,我要有一份自己喜欢的事业,我要做那种经济独立的女性,我不想在经济上依赖任何人,我要做我自己想要做的任何事,重视自己的权利与自由,在乎自己的价值体现,追求自己的梦想实现,大概就是我们这代人跟我妈妈那代人的不同吧。

应该感谢的是我们这个时代,它给了我们太多的机会,这真的是一个只要努力就一定有机会的蓝海时代。实际上我只是一个非常普通的女孩,一个做了妈妈却不想放弃梦想的女人,所以,我想跟所有的妈妈们分享,如果说做妈妈是女人人生最重要的一次成长,那么创业将是做了妈妈的女人人生最棒的一次修炼,因为只有创业才会让你体验想要干好一份事业有多难,只有创业你才可能更多地体验大千世界,只有创业你才可能变得更加勇敢坚强,只有创业才会让你感受独立的感觉有多美好。虽然创业有苦有累,有流泪也有欢笑,可是正是这样的生活才让我们的每一天都很精彩。我一直相信,没有哪一个妈妈会甘于平庸,也没有哪一个妈妈会不在乎自己的梦想,别让自己的梦想只是一个梦,只要你敢出发,你就赢了一半。

中国辣妈创业主人公

胡佳凝

河北承德人 31岁

04

我的父辈是创一代,他们为我创造了衣食无忧的生活,因此我从小在别人眼里是公主,是所谓的富二代,我依赖惯了,从来没觉得生活有什么难。婚姻失败,成为单亲妈妈,让我触到了真实的生活,在幼小的女儿面前,我必须强大,女人真正的自信和勇敢就是这么建立起来的。

我的父母都是经商的,他们应该是改革开放的年代最早下海的那批人吧,这些年来在商海沉浮也算经历了大风大浪。虽然他们两个都很忙,生活上有时无暇顾及我和哥哥,但由于他们的努力,我从小的物质条件就很好,记得上中学时,妈妈搬新家特意给我单独装修了一个漂亮的公主房。作为家里唯一的女儿,妈妈一直很宠我,而我也算是很争气的孩子,考上了天津的大学,而且不久就在大学里做了学生会副主席,也算是校园里的"风云人物"。

说起创业,我在大二的时候就开办过自己的公司,做的是类似现在的团购业务,当时生意还不错,跟麦当劳、肯德基等很多大公司合作过,可是,当时我一个是太年轻,做事不懂得坚持,一个是经济上有父母的支持,不觉得自己赚钱有多重要,做了不长时间就无疾而终。

大学毕业,我特别顺利地进入了一家大的商业报社,做了一名财经记者,而且很快就因为文笔好升任了头版主笔,可以说,在我26岁结婚前,我过的日子是无比洒脱。那时我在北京租的是高级公寓,经济上不但有父母的支持,我自己赚得也不少,每天上班采访写稿子,经常出差开各种会议,周末会和闺蜜们出去疯玩一天。由于从小无忧无虑地成长,我好像比同龄的女孩都单纯,以为生活就是这样的简单轻松。

2011年,我恋爱了,我喜欢上了一个律师,他曾经是我的采访对象,来自农村一个比较普通的家庭的他给我的最初印象是朴实、憨厚、诚恳、富有才华，虽然他的家境跟我相去甚远，但我天真地以为这没什么，只要我们足够相爱，这都不是问题。尤其是对我的父母来说，他们从来不认为家庭出身有多重要，他们更看重的是人的品质与才华，于是，我犯了85后女孩常犯的错，在认识他三个月后我们闪婚了。父母在五星级酒店给我举办了盛大的婚礼，宾客盈门，我风风光光地把自己给嫁了。

新婚的时候他对我的确不错，加上我刚刚结婚就怀孕了，妈妈找了两个阿姨照顾我，2012年我的女儿呱呱坠地，当时的我特别满足，就辞去了工作，因为老公的事业也不错，妈妈也不时地给我一些经济援助，我衣食无忧，便准备在家做一个全职妈妈，安心在家相夫教子，继续过我的优越感十足的生活。那时，妈妈经常让我回她那儿，一住就是几个月，我也习惯了这种总是被妈妈照顾的日子，在孩子五六个月的时候，我想起了在北京的老公，心想不能总是让他一个人在家里，我毕竟还是妻子，就这样我带着孩子回到了北京的家里，没想到这时候老公的态度就有了些变化，对我有些不是很友好。我很奇怪他的变化，后来才知道，他的事业受挫，经济上出现了严重的危机。他原本可能想我的父母会帮他，可正好那时候我父母的生意也正处在艰难时刻，作为女儿，我根本没办法向父母张口，就这样我们的感情直线下降，很快就到了无法相互接纳的地步。

刚开始我还对这段婚姻充满幻想，毕竟女儿只有几个月，我不相信是自己看走了眼，也不肯轻易面对失败的婚姻。我想，我要努力赚钱帮助老公，做一个自食其力的妈妈。在女儿八九个月的时候，我开始在淘宝开网店，做一些外贸的童装，虽然赚的不多，但毕竟有了一点儿进项；2013年我开始想做亲子装，和一个喜欢搞设计的朋友合作，然后以网店的形式销售。那时我对创业还没有真正地下决心，只是因为自己喜欢服装设计，想要搞一些个性化的东西给女儿，同时也做一点儿销售，想要有一些收入帮帮老公。

在走上真正的创业之路前，我的个性其实还是很小女人的，从小我靠父母的宠爱过得衣食无忧，后来结婚了，老公看上去也是个成功人士，我对自己未来的规划其实很简单，就是打算做个好妈妈、好妻子，可是，没想到这种梦很快就变得如此不现实，也可以说我的梦很快就被现实给打败了——由于草率结婚，对对方缺乏足够的了解，我的婚姻从一开始也许就是沙滩上的城堡，经不起任何的风浪。2014年，我结束了这段梦魇般的婚姻，一个人带着女儿走出了那个让我的尊严屡屡被侵犯的家。

记得那是个冬天，马上就要过年了，我不想带着女儿回到妈妈家让妈妈为我操心，也不想留在北京过这个孤单的大年。正在这时，刚刚两岁的女儿稚嫩地对我说："妈妈，我好想看大海呀，你带我去看大海吧！"女儿的话提醒了我，也指引了我，我订了机票，一分钟也没有耽搁便奔向了三亚。那个春节我是和女儿在三亚的海边度过的，在这之前我从来没有单独带着她出过远门,可那一次,我带着她跑遍了三亚的每一个角落,我们在三亚的阳光下玩得非常开心。晚上,女儿入睡了,我看着她安详平静的小脸,一直强忍着的眼泪不由自主地流下来,我知道,从现在起我是一个单亲妈妈了,从现在起我的女儿只有我能够保护她,呵护她,就像我妈妈一直以来对我的呵护一样。我不想我的女儿有任何不开心,不想让她受任何委屈,为了女儿的幸福和快乐,我必须让自己强大起来,我必须学会自立,不可以再这样消磨下去,我的女儿在长大,我不想让她看到妈妈是一个必须要靠别人才能够活得好的女人。

知道我结束了婚姻,正和女儿在三亚,妈妈不放心,又过来找我们。和妈妈在一起的那些天,我突然觉得妈妈也老了,她的两鬓已有很多白发,像天边的星星一样。让我觉得有些触目惊心,我开始意识到自己以前真的很不懂事,总以为自己还小,一切有父母,也许我的前夫说得对,我并不是什么公主,从来就不是,我应该是一个可以养活自己女儿的妈妈,一个懂得为父母分担责任的女儿,一个真正有担当、可以活出自己价值来的女人。

都说大海是有灵性的,我好像也是在大海的面前找到了自己的方向,那一年,我29岁了,我女儿两岁,没有什么好犹豫的,也没有什么好抱怨的,自己摔倒要学会自己爬起来,自己的生活要学会自己负责任。感谢我的父母,是他们教会我从小遇上事情要从自己身上找原因,遇上问题要自己想办法去面对而不是逃避,这一次,我人生的坎儿我必须自己想办法去过了。

那一年的大年初五，我让妈妈带女儿回北京，我自己则直接飞去了广州。一路上我一直在和我的合伙人开电话会议，和我的设计师在商量亲子装的款式设计，我下了最后的决心，准备背水一战，自己创业，做自己原创的亲子装品牌。2014年的9月份，我的"妃宝"亲子装品牌注册成功，"做不一样的亲子装"是我最初的设计理念，我信心满满地准备推出我的第一批亲子装大货，可是理想很丰满，现实很骨感，由于我缺乏经验，时间上晚了，别的品牌都在出春装的款式，我们冬装才刚刚上架，所以，第一批货惨遭失败，我所投入的资金也所剩无几。刚刚开始创业就遭遇滑铁卢，我有些沮丧，有些怀疑自己努力的方向是否正确。

回家和妈妈聊起我的失败，妈妈告诉我，这不算什么，她和爸爸这些年搞经营经历了太多风风雨雨，要是轻易就放弃，哪会有今天的收获？我一直觉得妈妈就是我的女神，每当我遇上了困难、遭遇了挫折的时候，她总是用温柔而坚定的目光鼓励我，女儿，不怕，往前走，坚持才能看到彩虹！我自己也有女儿，我好想也给自己的女儿做这样的妈妈，在我的女儿有困难的时候让她不害怕，可是，我有资格吗？妈妈今天的从容是十几年的打拼换来的，跟妈妈比我不过是刚刚蹒跚学步的新手，我需要的是坚持，是历练，是经历。

有了这次缴学费的体验，我尝到了商场的无情，也体会到了在创业中光有冲劲儿不行，你还得有智慧，有规划，要善于学习。2015年微商的兴起，让我看到一个非常好的商机，因为我是初创的公司，资金实力并不大，我需要有足够的收入来让自己支撑下来。我知道，很多小公司之所以没有生存下来，不是因为他们的项目不行，而是因为他们缺乏坚持的资本。为了让自己的公司有足够的力量去开发新的产品，我的公司得先活下来，才可能尽快成长。2014年的广州之行让我意识到，先组建一个微商代理团队，把销售业务做起来，让公司有一些现金的回流，让一直在"输血"的公司变得自己可以"造血"，这样我可以用足够的资金支持我的品牌亲子装的开发。我从一开始就认定自己是要走品牌之路的，尽管几经折腾，"妃宝"品牌亲子装一直没有赚到钱，我仍然不想放弃，我觉得"妃宝"就像我的另一个女儿，我只想看到她长大健壮起来，不想看到她的消失。

很快，我的微商代理团队就发展到了六七十人，我们代理了一些货品，都卖得非常好。我又开发了一些社区童装店，把我们的亲子装让他们以代销的方式销售。经过一段时间的努力，我的公司开始扭亏为盈，终于可以赚到一些钱了。就在这时，我的亲子装大货还是卖得不太好，虽然库存不多，可销售情况仍不不理想，给我带来了很大的压力。应该承认，在创业的初期，我还是有些盲目自信，一直认为自己的设计、款式都没问题，而且，我们的新货出品和上架的速度也比原来快了很多，可是市场的反馈就是不好，我的"妃宝"亲子装一直在赔钱，我也有些想不明白是为什么了。

就在我特别艰难的时刻，我的合伙人撤资了，她本来是我特别好的一个闺蜜，在创业初期我们一直并肩作战，她也很支持我，本来我们是最好的搭档和合作伙伴，可是，在公司举步维艰的时刻，她坚持不下去了。一个原因是她的年龄大了，自己想要宝宝；另一个原因，也是致命的原因是公司一直在赔钱，她感觉有些看不到希望了，所以决定撤出了。

闺蜜的中途退场让我有些黯然神伤，毕竟我们坚持了这么久，曾经那么志同道合的两个人，因为一场迟迟看不到希望的创业之旅而成为路人。很奇怪的是，那天闺蜜告别了我以后，我虽然有些伤心，却并没有流泪，我感觉自己瞬间又强大了一些，我在心里默默地对自己说："好吧，佳凝，有些人注定要和你分手，有些路注定你要一个人去走，有些生活说好了你要一个人去经历。作为妈妈你没有退路，作为女人你也没有退路，想要创业就别怕孤军奋战，以后再难也要自己扛起来了。"

合伙人走了以后，我也开始反思自己的经营思路，我发现我犯了一个很致命的错误，就是盲目相信自己对市场的判断，不做市场调查就不断开发新货品，造成了市场需求和供需双方的短路，而且，亲子装货品对市场的要求很高，各个尺码的都必须有，这样一旦营销不畅，就容易造成大量的库存，很多服装企业实际上就是被库存拖垮的。想要使"妃宝"真正活下来，我必须转变经营思路，否则真的很难坚持。

正在我苦苦寻找出路的时候，有一天我随便设计了一款女装，本来是为了自己穿的，因为我自己一直对服装很有要求，出于好奇，我把它放到了微信平台上，没想到很快就卖掉了，而且利润还挺可观。这次成功让我蓦然发现了一个商机，那就是我完全可以搞个性化定制服装，根据用户的需求和要求，为用户设计他们自己所喜欢的款式，然后个性化制作，这样一个是设计出来的衣服很有品位，非常有特点，符合现在的80后、90后追求自我彰显个性的特征；再一个就是按需定做，定多少做多少，不会造成货品的大量积压，解决了服装公司库存的问题。零库存意味着零亏损，公司扭亏为盈就不再是奢想，而且，这样的经营成本就低多了。

有了这个想法后，我又陆续做了一些定制款放到了微信代理商团队销售，没想到效果出人意料的好，我的公司开始有一些盈利，我也似乎在探索中看到了一丝光亮，那就是做品牌服装也要打开思路，发挥想象力，不能走老套路，要有自己的个性和创意，走创新的路子。

初次尝试的成功极大地鼓舞了我。2015年秋天，距春节还早，我便和我的设计团队大开脑洞，策划出来我们的独家产品"亲子拜年装"。当时我的设想是，春节是中国人最隆重最重视的节日，尤其是春节拜年的习俗一直是大年里的重头戏，在这一天大人孩子都要穿新衣服，打扮得漂漂亮亮的去给父母或朋友拜年，而我的拜年装都是一家三口或者一家老少都可以穿的款式，面料采用的也是我们中国很传统的织锦缎，再配上各式的东方元素，一个是颜色很喜庆，再一个款式很中国，一看就是咱们中国人过大年的气氛。开发这套"拜年装"也是因为我觉得这个大年对我们中国人来说如此重要，之前却从来没有一款适合在这个节日穿的服装，尤其是亲子装。

我觉得，在春节这样的日子里，一家人团圆的时刻，穿上富有传统意蕴的亲子拜年装，会显得非常和谐、美好，有一种很浪漫的气息，有利于家人的团结、和睦和亲密，这也是我希望亲子装可以给大家带来的一种文化。过去我想把"妃宝"定义为"不一样的亲子装"，现在我想让"妃宝"成为有文化的亲子装，在传统文化的领域有一些传承，民族的也是世界的，这是我最深刻的体会。正如我当初设想的一样，我们的亲子拜年装一推向市场，马上受到好评，尤其是现在的妈妈们都喜欢有个性有创意的产品，很快就有一百多个家庭定制了我们的亲子拜年装，"妃宝"终于开始蹒跚学步，可以走进我的用户的家庭了。我开心极了，也感觉自己的努力和坚持都是有价值的。

"妃宝"亲子拜年装定制模式的成功，也让我坚定了下一步想要做女装个性化定制的信心，因为喜欢亲子装的用户大多是妈妈，而妈妈又是非常追求美丽和个性的群体，我希望她们通过亲子装的消费，进而理解"妃宝"的个性女装定制模式，因为我自己本身就很喜欢在服装上创新，我希望我设计的服装让更多的妈妈美丽起来，进而找到人生更多的自信。而且，我的女装定制也绝不走非常高端的风格，我的价位是很适中的那种，适合大多数人的消费，这样，我在市场的竞争中才会有更大的优势。

因为我本身也曾经是文艺青年，因此，即便开始创业也特别想让自己的品牌多一些情怀，多一些文化的元素。我喜欢中国传统文化里的那种水墨丹青、桃红李白的意蕴，感觉那种东方美是一种不会让人厌倦的魅力，我未来的服装设计中，一定会体现这些富有人文情怀的内涵，"妃宝"一定要与众不同，这是我作为品牌创始人的初心。

2015年的春节我忙到了最后一刻，公司的亲子拜年装大受欢迎，订单不断飞来，我发快递写单子写得手软，可是心是快乐的，这也许就是坚持的结果，我看到"妃宝"这个弱小的生命在一点点强大起来，走出它人生的头几步，我感觉自己也在长大，再也不是那个遇上点儿事就想找妈妈的小女孩了，我开始相信自己也是可以独当一面的创业者了，虽然脚步还有些稚嫩，可我毕竟在走属于我自己的那条路了。

三年多的创业经历中，我感觉最愧对的是我的女儿，很多时候我忙得几天都不能回家看一下她，还不到三岁的她一直是姥姥在照看。尤其有一次，我外出送货的时候，她给我发来了微信视频的邀请，我正在开车，心里也有一些郁闷，在我几次挂断她几次又打过来的情况下，我接通了视频，开口就训她："妈妈正在开车，没时间和你视频，妈妈已经很累了，你不要来烦妈妈！"没想到我女儿"哇"的一声哭出了声，她一边哭一边委屈地跟我说:"妈妈,对不起,我生病了,所以,想看看你。我已经好几天没有看到你了,我想妈妈了!"这时我才知道女儿发烧了,她很不舒服,所以想跟我联系。可那天等我忙完已经是深夜,已经没有时间回去看她了,因为第二天又是非常忙碌的一天。那天晚上回到家里的地下车库,我停好了车,久久不想上楼,正在这时,车里的收音机飘出来一首歌,正是那首很催泪的《时间都去哪儿了》,此时我再也控制不住自己的情绪,趴在方向盘上嚎啕大哭,说不尽的委屈与无助,感觉整个人都要崩溃了。那个时候特别想有一个结实的肩膀让我靠一下,哪怕只有几分钟,可是,我知道这不现实。现实是我只能自己扛。哭了一会儿,我突然不想哭了,我心想,这就是你自己选择的生活,你只能自己来负责,这个时候眼泪有价值吗?你哭给谁看呢?

我想,这也是女性创业者的一个特征吧,她们毕竟是女人,有时候很脆弱,容易情绪波动,而且,如果是妈妈,就会有更多的柔肠百结,对我来说,单亲妈妈的角色就更加不容易。但是我也感谢生活,它给了我最好的教育,让我懂得如何去做一个更加负责任的女人,做一个不甘沉沦、自我激励的妈妈。

女儿的成长也让我不断地反思自己是否可以做一个称职的妈妈。我自认为自己是一个更现代的妈妈,不想为了自己的事业牺牲了陪伴孩子成长的机会,我得承认我们这一代妈妈跟我们的妈妈不同,我们想要的更多。后来,我调整了自己的工作方式,尽量把女儿带在身边,让她在我的公司里、在我的工作室里，跟我的设计师和工人们在一起。一方面我希望给她一些美的熏陶，因为我从事的就是让女人们美丽的事业，让妈妈们更加精致的事业，我希望女儿从小就有与众不同的品位；另一方面我希望她在妈妈身边，可以了解妈妈的事业，懂得妈妈每天都在干什么，妈妈的工作是一种什么样的状态，我觉得这会让女儿更多地理解妈妈，也让她体会我作为一个创业妈妈的艰辛与不易。

对于未来，我还是有很多的设计，我还期待婚姻，并且希望找到那个跟我志同道合的人。创业给我带来的另一个成长是，我更加体会了男人的不易，作为一个打拼事业的男人，他们心中的苦和乐，我感觉自己也是感同身受，这让我更加懂得理解他们，包容他们，我如果还有做妻子的机会，我想我会做得比原来更好，更加懂得去珍惜。

一直觉得创业让我成熟了，为此我感谢那次失败的婚姻，要不是命运把我推向了这一步，我现在可能还是个任性、娇气、只会依赖别人的不懂事的女孩，每天生活在不切实际的梦想里。创业让我找到了让自己的梦想落地开花的机遇，也打开了我通往另一个天地的门，在这里我重新成为我自己，一个心大、心广、心野的女人。我希望我将来可以成为一个优秀的女企业家，我会让我的女儿为我感到自豪，不管怎么说我们母女两个的日子在一天比一天好，今年我又给女儿买了一个大房子，我希望孩子跟我在一起体验那份安全感，我想给我女儿最好的生活，为此，我会倍加努力。

我和妈妈的角色也换过来了，过去是我依赖妈妈，有困难就找妈妈，现在妈妈年纪大了，她更加需要我的关心和体贴，每天都像个男人那样去战斗，有着非常坚韧的意志和强大的内心，这背后既是对妈妈的一份责任感，也是对女儿的一种承诺。她们现在都需要我的强大，我必须把最好的状态展现在她们面前，让她们放心，相信我是可以的，尤其是我的女儿，我希望她眼里的妈妈是一个自信的、美丽的、优雅的、从来不会被打败的妈妈，因为，只有这样的妈妈才最精彩。

中国辣妈创业主人公

侯 玉

四川成都人 41岁

05

刚开始我创业是为了谋生,为了生存,虽然做过很多行业,但是我一直在寻找自己喜欢的事情。现在随着我的成长和成熟,自己下一步的发展之路好像越来越明晰,我喜欢做可以帮助到更多妈妈的事情,让妈妈们的生活越来越精彩,越来越丰富,将是我再一次创业的起点。

我十几岁就跟着表姐学习缝纫，因为我本身就很爱美，也有点儿心灵手巧，所以学了两年，表姐就帮助我开了自己的店，让我自立门户了。那时我主要做童装，白天去批发了面料回来，晚上加班来做，还雇了两三个工人，做好了衣服拿到市场上去找人代销。在90年代末做生意的人还不多，因此我的效益一直还不错，那时我刚刚20岁出头，每个月就会有几千块钱的收入，在当时看还是挺不错的。

在这之前我一直是乖乖女，比较听父母的话，可是在婚恋问题上我很有自己的主意。21岁时，父母给我介绍了一个男朋友，我根本就不喜欢，后来父母有点儿想强迫让我嫁给这个我一点儿感觉也没有的男人，当时我搬着缝纫机就离家出走了，在外面坚持了三个月。父母见我真的很坚决，就跟我妥协了，虽然我后来很快就回到了家里，但我的童装生意受到了很大的影响，工人也离开了，我只好去一家花店找了一份工作。

在花店打工的两年，我学到了很多东西，2000年，我下决心要自己做鲜花批发生意，那时我从来没有去过云南，但是我胆子很大，人生地不熟的我买了火车票就上路了，一路颠簸了十多个小时，我终于在云南找到了批发鲜花的市场。为了把这个生意做成功，我在云南一待就是几个月，在成都那边找了两个朋友合作，可是由于第一次做没什么经验，我的合作伙伴也不太给力，虽然我投入了很多的时间和精力，生意始终不太好。后来我从云南回到成都，索性自己开了个花店，但因为结婚生宝宝，我的花店没经营多长时间就转让了出去。

女儿是 2001 年出生的，我在她 7 个月大的时候就出来找了一份服装店的工作，做了几年我自己有了点儿积蓄，也积累了一些经验和人脉。2009 年我开了自己的一家童装店，主营外贸原单童装，因为店就开在一家幼儿园的门口，生意一直不错。那时都是我一个人去广州淘货，为了节省时间，我都是坐最早的一班车到广州车站，有好几次，我刚到车站就被打劫，身上的现金被一搜而空，我只得让家里给我汇点儿钱才能回去。有时候为了省点儿运费，我进了货就自己拖到火车站，巨大的编织袋有时候比我还高，可我就是这样硬给扛上了车。那时年轻，也因为做了妈妈，浑身有用不完的劲儿。我从小就是一个责任感特别强的人，尤其是有了女儿以后，我要求自己要做个独立的女人，做一个让女儿为我感到自豪的妈妈，做任何事情我从来不怕吃苦，为的也是让女儿看到妈妈的努力，虽然这只是我的一份小小的事业，但我很用心地在经营它，未来我还是想开一间大一点儿的女装店，因为我对时尚、服装还是很有兴趣，这是我当时的梦想。

要不是 2012 年的一场车祸，也许我离我的梦想已经不太远了。那是 2012 年的冬天，我突遭一场惨痛的车祸，右小腿粉碎性骨折。这场车祸让我在医院待了整整两个月，拐杖用了八个月才可以扔掉，我的童装生意也不得不就此结束。这可能是我人生最严重的一次创伤，让我大伤元气，久久不能平复。

那时候我哪里也不能去，只能天天待在家里，老公上班，女儿上学，我只好每天坐在轮椅上给他们爷俩做饭。2013 年，为了调整心情，寻找再度创业的契机，我把家里全部重新装修了一下，家里的装潢整个都换成了我最喜欢的地中海的风格，这让我每天都有一种阳光般的心情。一年多的休养让我从最初的无助感中渐渐走了出来，这场意外的车祸，给了我人生最大的启示，那就是生命如此脆弱，健康如此重要，我们不应该蹉跎岁月，因为每一天都是如此宝贵，尤其是我们做妈妈的女人，孩子在一天天长大，他看得见他的妈妈是怎样的一个女人。我见过太多的妈妈，一心只想让她的孩子如何优秀，而她自己却非常惰性地过着每一天，这样的妈妈我觉得很可惜。

2013年，我的腿刚刚恢复，我就着急寻找适合自己的创业项目。正好有一个朋友要和我合作开一家女装店，这也正是我一直想做的创业项目，我便加盟了。可是由于我们前期沟通得不够，再加上经营的风格不同，磨合得很痛苦，而且，我的右腿刚刚遭受重创，也非常不适应高压力的工作，后来，我再三考虑还是撤了出来，因为如果合作伙伴有问题，这样的事业做起来也是很难的。

从我20岁开始创业，兜兜转转也走过了将近20个年头了，这二十年来，虽然我的生活发生了很多变化，为人妻，为人母，但我的初心从来没有变，我渴望有一份自己喜欢的事业，希望自己可以在经济上独立，我喜欢让女人变得越来越美、越来越有自信的事情，为此我一直在苦苦寻找着努力的方向，并且从来没有放弃过尝试。

2014年，当我的身体恢复得终于可以让我走出家门的时候，我开心得像重回天空的小鸟。此时，微商的兴起让我产生了兴趣，我参加了很多聚会，也认识了很多正在创业的辣妈，我为她们的打拼精神而感动，也觉得自己不该气馁，也许，很好的创业机会就在前面等着我呢。

2015年，为了挑战自己，我报名参加了世界赛事——"环球夫人"中国赛区成都分赛区的比赛，在参赛者中我年龄不是最大的，但也一定不是最小的。参加这个赛事，我的想法很简单，就是想通过这种方式提升自己，让自己得到很好的锻炼。我想，一个人想要成长，一定不可以封闭自己，一定要跟高手过招，你才会越来越强。我虽然没有读过大学，但是我喜欢读书，这似乎是我从来没有放弃过的爱好，这么多年我一个人走在创业的路上，几多艰辛，几多孤单，我的书籍就是我最好的朋友，每当我有困惑、有烦恼、需要勇气的时候，我就回去看书，就像和一个睿智的老朋友聊天。对我来说，学习是一种习惯，这么多年我一直都在不断学习各种知识，总觉得学习是自己最重要的一个选择。

也正是通过学习，我一直保持非常好的心态，我的身边也凝聚了很多爱学习的女性朋友，她们当中以妈妈居多，大多数正在创业或者想要创业。我觉得，一个妈妈想要创业，一定要重视两点：第一，坚持学习，不断更新自己的知识结构，不要在观念上跟不上时代的发展；第二，要走出去，有一个开放式的生活方式，不要总待在家里做宅妈妈，太宅的妈妈不仅不会有什么发展的机会，连人也会变得很沉闷，跟社会脱节，严重的会和老公也失去共同语言，影响夫妻关系。我一直建议女人即使做了妈妈也不要放弃自己的生活，不要放弃自己的社交圈子，要保留自己在社会上的位置，这不仅是对自己的一种要求，更是一种追求。

这次参加"环球夫人"大赛，虽然我最后只拿到了亚特兰蒂斯十佳夫人奖和最上镜夫人奖，但是对于我来说却是一次难得的机会，在这里我结识了很多积极向上、有追求有品质的辣妈，跟她们成了好朋友，赛事结束后我们也经常在一起聚会，畅谈创业大计。在交往中我发现身边的很多妈妈都有这样的需求，她们实际上也都很希望有这样的一个辣妈组织，可以凝聚大家，让大家有更多的分享机会，既可以在一起学习成长，又可以抱团取暖，寻找到更多的创业与发展的机会。我觉得这是一个很好的创业项目。

不久，我开始尝试着在成都组织以创业为主题的辣妈活动。我们四川的女性一向以吃苦耐劳、坚忍大气而著称，尤其是在成都，有很多非常独立的女性，她们或者自己打拼事业，或者自己开辟自己喜欢的平台，创业的女性很多，而创业的妈妈就更多。这些妈妈在解决了基本的物质问题后，都很想提升自己，无论在形象上，还是内在的修养上。做一个内外兼修、气质优雅的女性是我身边很多妈妈的梦想，而且，这些妈妈在一起爱炫、爱秀，爱美如命，我其实也是这样的一位妈妈。我觉得，把妈妈们组织起来，为了做更好的自己去学习成长是一件非常有价值的事情。很快，我筹划成立了自己的成都辣妈工作室，准备专门做面向妈妈这个群体的各种艺术培训和活动的事业，为成都妈妈的品质提升做一些工作。

在我走上创业之路的过程中，我感觉直到现在我才真正找到了自己的兴趣点，也正是现在，我感觉自己已经有足够成熟的人生经验来驾驭自己的创业。如果说过去的我一直在探索中，那么如今我已经有明确的方向，那就是做自己喜欢的事，做能够帮助更多的妈妈变得更美、更有自信、更优秀的事业。

我做的第一次活动就非常成功，让所有来参与的辣妈都很满意，她们在这里学习到了如何成为一个更智慧的妈妈的方法，见到了自己心仪的老师，走上T台勇敢地展示了自己，在下午茶派对上结识了新的朋友，在晚宴上享受了美食。那个活动是我一个人策划、一个人实施的，虽然很累很辛苦，可是我很开心，因为我见证了自己的成长，释放了自己的潜能。要不是这个活动的成功，我可能真的没有像现在这样的自信，我第一次觉得这个世界上最难的不是问题，而是挑战自己的极限。虽说我的那个成都辣妈派对筹备了一个多月，只为辣妈们一晚的绽放，可是得到了参与的妈妈们一致的好评，我很有成就感，这就叫功夫不负有心人吧。

我一直觉得，女人做了妈妈就有无穷的力量，尤其是想做一位优秀的妈妈的女人，有时候并不是只为了自己，更多的时候是我们想让自己的孩子知道，妈妈也是一个不想放弃的人。我的女儿现在读中学了，正处于父母们都会紧张的青春期，但我和她的关系非常好，这一方面是因为我很喜欢看书，懂得很多和这个时期的孩子相处的智慧，一方面也是因为她看到了妈妈一直是一个对自己要求非常高、很有追求的女人。我相信这对她也是很好的影响，现在，她学习非常努力，生活上也基本全靠她自己，才刚刚15岁，就已经是一个很独立的女孩了。我有时间的时候，也会和女儿有很频繁的沟通，我们母女在一起经常畅谈各自的梦想，有时候谈到激情时刻也会热泪盈眶，那种感觉让我们心心相印。女儿是我最好的朋友，我是女儿最贴心的伙伴，这让我时时都觉得自己是一个幸福的妈妈。

现在我开始重新创业，女儿也非常支持我，在我忙得顾不上和她说一句话的时候，她总是会很体谅我，虽然也有一点儿委屈。有时候晚上回到家里，看她还没睡，一直在等我，我也特别感动，我会给女儿一个深深的拥抱，我相信我对她的爱不需要语言她也可以感受得到。有时候，我们会在一起抱很久，看着窗前的月光淡淡地升起又落下，感受我们的心贴得越来越紧。创业的妈妈真的有时候会亏欠自己的孩子，心里会有很强的内疚感，可我真的很希望成为女儿心目中值得她为我骄傲的妈妈，为此，我一直在努力。

我的创业经历虽然有些曲折，但总算是千帆过尽。人这一生最难的是找到自己最想要的方向，仅耽于梦想的确容易让人迷失，我希望自己现在找到的这个创业方向是自己最想要的，虽然我还在尝试，还在体验，但我坚信最迷茫的时刻已经过去。我希望用自己的能力为成都的妈妈们打造一个让大家很需要，又感到很开心的平台，让更多的妈妈在这个平台上展示自己，提升自己，找到更美好、智慧的自己，这是我多年的梦想，现在终于有机会可以实现了，我觉得这也是对我这么多年的努力、勤奋的一种回报吧。

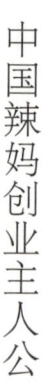

中国辣妈创业主人公

李东红

北京人 49岁

06

我36岁才生宝宝,45岁重返社会创业,这个时候我不仅是一个单亲妈妈,还是一个与社会脱节10年的中年女性。最困难的时候我只能靠女友的接济过日子,可是我坚持了下来,现在的我只想为自己的梦想打拼。

我喜欢上画画是因为小学四年级的时候妈妈带我去看了一场京剧，那是一场非常传统的大戏，女主角凤冠霞帔，美丽非凡，在我幼小的心里很震撼，后来，我开始不停地画不停地描，就是想把我看到的美画下来，永远留住。由于我们家里根本就没有搞艺术的，我父母坚决不同意我学画画，认为这将来很难找到工作，可是我哥哥很支持我，后来我考上了中央工艺美院服装设计系，开始系统地学习服装设计。

22岁我大学毕业，大多数同学都去分配的单位报到上班了，我却跟我的一个男同学一起开了一家服装设计工作室，开始自己创业。刚开始我们自己设计服装，自己找人加工，然后把产品拿到展销会上去卖，因为款式比较新颖，销路还不错，也赚了一点儿钱。可是后来，北京的服装市场被浙江的服装商贩给占领了，他们的服装价格低廉，品质也不错，我们根本就拼不过他们，没多长时间，我们的工作室就干不下去了，我的第一次创业也就以失败而告终。

创业失败后我也开始务实起来，一个朋友介绍我去影视剧组做服装师，这一做就是两年。后来，我又开始做影视广告、报纸广告，甚至网络广告，我至今记得我最后一份工作是在一家很大的公司里做传媒市场总监，本来这份工作我做得得心应手、风声水起的，在业内也有一些影响，可是，在我36岁的时候我怀孕了，作为高龄产妇，我觉得不能再像原来那么拼了，为了宝宝，我只好辞了职，准备回家做一名全职妈妈。

说到这孩子，还真是来得有些渊源。本来我是一个比较坚定的丁克族，没打算要孩子，可是，我母亲的身体一直不好，有一次，她偶然跟我聊天，说起她此生最大的遗憾是没有看到她的孙辈。当时母亲的话对我触动特别大，我不想让我妈妈感觉如此遗憾，于是，36岁时我怀了宝宝，好在我的母亲是在我女儿10个月的时候去世的，不管怎么说，她见到了自己的外孙女，也算是我为妈妈了却一个心愿吧。

因为生女儿时我是高龄产妇，再加上我自己带孩子也没什么经验，孩子刚一来时真的有些手忙脚乱。生完孩子我也尝试过重返职场，可是孩子没人照顾，我也没办法安心工作，后来索性就放弃了重新工作的想法，真的在家里做起了全职妈妈、全职太太，没想到这一做就是十年。这十年里，我的重心完全在孩子身上、在家庭上，几乎与社会脱节。由于我是学艺术出身，人比较单纯，个性又很强，始终在婚姻里没有很好地找到自己的角色感。女儿10岁的时候，我再也坚持不下去了，因为有一天，孩子爸爸的一句话深深地伤害了我的自尊心，当时，我们又为一件琐事争执，他脱口而出："你就是一个只知道看美剧、追韩剧的女人，你还能做什么！"

这句话让我刻骨铭心地痛，随后，我反思了自己这十年来的生活，觉得自己的确有些太放任了，自从有了孩子便开始围着孩子转，完全放弃了自己的梦想和追求，不光精神上很沉沦，经济上也完全没有了任何能力，只能靠老公的收入支撑。由于我们相处得也不是很好，我其实在这样的家庭里也处处很委屈，可就是没有勇气走出去，换个活法，任由自己在生活中随波逐流，过一天是一天。可这样的自己真的不是我想看到的。

45岁，我离了婚，决心要带着女儿重新开始自己的人生，我曾经也是一个有追求的人，做了妈妈后，真的有一段时间变得很惰性，很依赖，可是当我了解到自己在别人的眼里是如此不被尊重的形象时，我也有些震撼，有些不甘。

可是，我已经在家庭里待十年之久了，这十年社会的变化是非常大的，刚一开始我也想重返职场找一份工作，可是一个是年龄很不适合，我这个年龄的女性在职场已经不再是主力了，尤其在大公司，往往已被边缘化，再一个是我对现在的职场根本就不了解，很难在短时间里融入，几番经历，我放弃了再找一份工作的念头，想要重新再来，我没有别的选择，只有走自己创业这一条路了。

离婚后我没有了收入来源，一度经济比较紧张，是我的两个女朋友每个月每人给我500元生活费，我带着女儿才勉强应付。这个时候，我萌发了要做一个孩子的书画培训中心的念头。本来我就很喜欢画画，又是科研出身，做这样的事情得心应手，应该很快就可以做起来。后来，我找到了人民艺术家协会的朋友，跟他们合作成立了一个青少年书画培训的机构，找了一个场地，装修了一下，我的培训班就开张了。

可是，当时的北京，遍地都是这样的培训机构，竞争非常激烈，而且，品质优劣不等也给这个市场带来很多负面的影响，让家长选择起来有些困难。当时为了招生，我印制了很多广告和招生简章，我和我的助手兼闺蜜一起到学校门口去散发，也去了很多培训机构的门口去跟家长们介绍。可是，我们名不见经传，又是新机构，很多家长都绕开我们走。我们的机构开张后三个月硬是一个学生都没招来，我当时也有些灰心，觉得自己的路也许选错了，可是，我真的是一个有些倔强的人，初次尝试的挫败反而激起了我极大的征服心，我想，别人能做成的事我一定也可以做成，别人做不成的事我更要做成，市场不接受我，我偏要试试看，我要挑战一下。

就在坚持到第四个月的时候，我们的培训班终于来了一个学生，那是一个小男孩，是朋友介绍来的。这个学生的到来，让我发现了一个招生的门道：由于我们是新机构，没有业绩和资历，想要尽快招到学生，用常规的发招生广告的办法根本不可行，因为家长不了解你，但是，可以通过朋友的推荐和介绍，通过口碑来传播，这样就会很快把我们的品质告诉大家，给我们带来生源。

接下来我们就用这种策略招生，很快生源就不断地来了，现在经过几年的发展，我们在北京的很多地方都建立了教学点，也培养了不少很有天赋的孩子。由于我教孩子很认真，而且都是根据教程来教的，不但家长很信任我，就连孩子也很爱跟我学。现在我因为特别忙，已经不可能每个学生都自己带了，可很多孩子还是要指名跟我学，这也是我感到特别欣慰的地方。

我一直觉得，做任何一件事，只要你用心去做了，你动脑子去做了，就一定会有超出预想的收获。在教孩子学画的过程中，我发现了另一个商机，那就是现在有很多家长都会陪孩子来上这样的艺术班，孩子学画的时候她们也没有事情做，都在那儿聊天、玩手机很浪费时间，我开始设计了成年的绘画课程，让家长们也跟着学。这些家长大多数是妈妈，让她们也跟着我学画画，一方面让她们懂得什么是真正的绘画艺术，以便在孩子的学习过程中起到一些了解的作用，一方面也提高这些妈妈的艺术品位，我觉得绘画是一份传播美的艺术的事业，让更多的人懂得什么是美，什么是真正的艺术，是我一直最想做的一份事业。

我的这个课程一推出，没想到大受欢迎，也得到了很多家长的好评，因此，我又发现了一个很好的机会，那就是现在的很多成年人在年轻的时候普遍都有过一个想要学习绘画的梦想，可是随着年纪的增长，生活压力的增大，这个梦想越来越远，这其中当然也有一些很有天赋的人，现在生活条件好了，很多人都有愿望想要实现这个梦想，而我的成人书画培训正好给了她们这个机会，于是，我陆续又收了很多成年的书画学员，她们当中有的是自己做生意的老板，有的是公司的白领，有的是老师，当然她们大多数是妈妈。对于她们的学习我也是分步骤安排，一开始是零基础的学习，慢慢地学到一定的水平，我发现她有天赋，自己又很愿意深造，我就可以把她们推荐给有更高造诣的书画家，让她们进一步学习，这样的人才我已经发现好几个了，这让我也很有成就感。

做这个书画培训后，我还发现，很多年轻的都市白领长期处于很高压的环境，身心俱疲，他们特别需要一个放松减压的机会，经常去让自己放空一下，来缓解压力，舒缓情绪，陶冶心智，于是，我又跟一些机构合作，一起来做一些绘画减压的主题活动。这个活动也得到了很多年轻白领的欢迎，大家在这样的活动中不仅学到了绘画的基本常识，还交到了朋友，通过这样的有艺术品位的活动提高了自己的艺术修养，感受到了绘画的魅力，并且很开心，这让我也觉得自己做的这份事业很快乐。

我通过这样的活动也结识了很多想要提升自己的生活品质、对生活很有追求的女性，由于她们当中大多数是妈妈，因此，我觉得很有必要把大家组织起来，多搞一些传播美、创造美的活动，一方面给大家带来精神上的享受，一方面让妈妈们提高美的修养。因为我也是妈妈，我特别知道一个妈妈的艺术品位对孩子有多大的影响，因此，我觉得提升妈妈就是在提升孩子，在提升中国人的家庭的艺术修养。现在大家都比较富有了，生活水平也一再提高，让自己的生活更有品质、更有美好的追求，我认为是未来中国人的一种精神需求，而我希望能在这些方面做一些贡献。后来，我又陆续做了一些红酒品鉴会、旗袍秀活动，就是想让自己的这种理想在现实中得到检验。让更多的中国妈妈美起来，更有艺术气息，是我现在对自己事业的定位。

为此，我在北京成立了工作室。记得我小时候的梦想是当一名画家，长大了我希望自己成为一个优秀的服装设计师。现在这些梦想我都觉得不够有挑战性，我渴望更高的发展平台，希望尝试一些以前没有做过的事情，我希望我的工作室未来成为一个美的传播平台。我现在经常组织一些女性来我的工作室做一些手绘的服装、手绘的丝巾，我觉得这是一种美的创造，不仅给人以感官上的愉悦，还可以给女性带来自信，尤其是对于妈妈来说，这种自信就更加珍贵，会让她们从内心到外表都变得很强大。

通过创业，我感觉自己已经完全变了，刚开始创业的时候，我的格局很小，就是想通过自己的一技之长赚点儿钱养活自己和女儿，现在，创业几年下来，我已经完全不需要担心生活的问题，我现在想的都是如何更好发展自己，如何让自己找到更好的发展方向，做出更大的一番事业，而且，我的这份事业还需要与众不同，需要有自己的个性和生命力，能够给更多的人带来帮助和收获，尤其是中国的女性。

对于我来说，经历了45岁重返社会、寻找发展的机会、重新出发的这个过程，我特别想要分享的是我的感受。曾经我也是很怕，很挣扎，怕自己不适应这个社会，怕别人不接受自己的年龄，怕别人会讥笑为我太老了还创什么业，怕自己失败了再也爬不起来，所有这些恐惧、纠结我都有过。可是后来我想，再不努力也许我就真的没机会了，年龄怕什么，只要有追求，有斗志，什么年龄都不晚，我偏要试试我行不行，我要让所有的人都相信一个事实，那就是只要你自己不放弃，没有人可以让你放弃！就这样，我坚持了下来，我觉得，是创业让我找到了青春，让我觉得世界还是我的，梦想还是我的。

现在的我真的比年轻的时候还有干劲儿、还有想法，我的思维每天都在跳跃，我渴望挑战不同的梦想和领域，尝试不同的生活和选择。在我的身边，很多和我同龄的女性都已经基本处于退休状态了，可我却觉得我的时代刚刚开始，每天我都有那么多做不完的事，还有那么多的想法需要去实现，我没办法停下来去考虑自己的年龄已经如何。

这就是创业带给女人的魅力，因为你找到了一个可以展示自己梦想的舞台，而且，这个舞台属于你自己，只要你不想谢幕，就可以永远在舞台上旋转，像穿上了红舞鞋，只不过这种旋转是快乐的、自由的、充满了自信的。而且，你在舞台上接受瞩目，你是值得别人给你注目礼的，这种荣耀时刻我相信就是生活给予创业妈妈最好的回报。

现在的我很享受自己这种创业的过程，也很希望用自己的切身经历来带动更多的妈妈投入创业的生活里，尤其是那些跟我的年纪差不多却总是认为自己老了、没有用了的女性，我希望自己成为她们的人生榜样。人生处处有征程，想要出发任何时候都不晚，这个世界上只要女人自己不放弃追求，你的青春永远不会离你而去。创业是一种挑战，也是一种生活方式，很多女性都会在年龄渐长、孩子独立以后产生强烈的失落感，并且为此感到孤单寂寞，那大多数是因为你的前半生都是为孩子和家庭过的，想要真正充实起来，女人还是要为自己活，做自己想做的事情，追自己想追的梦，这样人生才会没有遗憾。

像我一样想出发就出发吧，人生过半再上路，照样可以拥抱彩虹，风雨不可怕，只要坚持不放弃，阳光就在风雨后。

中国辣妈创业主人公

梁 萍

山东济南人 30岁

07

做妈妈前我是个爱美如命的女孩,做了妈妈我也不想放弃自己,生了女儿出了月子的第一天,我就在网吧建立了辣妈联盟群,我希望带动所有的妈妈享受有品质的生活,也希望通过这种方式实现我的创业梦想。

我在做妈妈之前的创业都是和自己特别爱美、特别爱打扮有关。本来我师范毕业后进了一家早教公司,在这家公司里我是师资部的主管,主要负责给一些早教老师做培训,工作很轻松,也没什么压力,业余时间很多。由于我一直是特别爱美的女孩,自己也喜欢穿,2009年就开始在淘宝开了一个服装店铺,没想到生意很好。我受到了鼓励,索性在2010年辞了工作,开了一家实体服装店,开业当天就生意红火,我很开心。

那时候开服装店都是我一个人进货,一个人销售,由于我身材、气质都比较出众,什么衣服穿在我身上都比较扎眼,因此,我的小店生意一直不错。2011年我又开了第二家店,雇了店员帮我销售。这时候我结婚了,我和老公17岁在网上认识,之后也是分分合合,经历了很多的波折,前后恋爱了7年,最后还是老公的坚持打动了我的心,也说服了我的父母,后来我们终于走到了一起。2012年我怀孕了,很开心地去医院建档案,却被医生告知孩子的胎心没了,必须放弃,第一个孩子就这样失去,对于我来说是很大的打击,但是,我知道都是因为那时我太忙了,开了两家店,家里又在装修,从来没有好好休息过,所以,孩子出问题好像也是正常的。在这样的情况下,我毅然决定把两家店都关了,我太渴望做一个妈妈、拥有一个健康的宝宝了。2012年的下半年,我又怀孕了,女儿是2013年1月出生的,她不但很健康,也很漂亮,让我感到特别欣慰。

对于女儿的到来，我特别地投入，并且一直坚持母乳喂养她到两岁零一个月。很多朋友都劝我别一直给孩子喂母乳，说这样会破坏身材，影响胸型。我一直认为给孩子喂母乳是妈妈最起码的责任，对孩子的身体健康和心身发育都有很大的好处，虽然我很爱美，但是我更希望自己的女儿是一个健康的孩子，我必须尽到母亲的责任。

出了月子第一天，老公就陪我出门了，我们两个约定，即使有了孩子，也要有自己的生活。老公陪我去看了电影，然后我们去了网吧，老公玩电脑游戏，我则上网在QQ空间里和大家聊天。这种生活对我来说久违了，因为那时候我的好多朋友、闺蜜都做了妈妈，我的QQ聊天空间里也有很多的妈妈，我们在一起聊育儿、聊自己生活的变化，好像有说不完的话。就在这时，我萌发了一个把妈妈们组织在一起、经常有一些互动的想法，我很快注册了一个辣妈群，就叫辣妈联盟，那时的想法很简单，就是想把妈妈们拉在一起，大家相互帮助，相互学习。因为基本上都是第一次做妈妈，大家不仅可以分享经验，也可以分享感受，相互激励。我那时已经感觉到，养育孩子真的会是一个很漫长的过程。

那时我在一个叫"辣妈帮"的空间里也是一个小红人了，因为我经常分享自己的一些生活，上传一些自己和孩子的照片，也聚集了一些粉丝，当时大概有一千多个妈妈关注我。建立了我自己的辣妈联盟群后，有些妈妈也通过QQ群引流了过来，成为我们群里的妈妈，很快，我们的辣妈群里就有了好几百人。

建立辣妈联盟群以后，我经常在群里和大家互动，几乎每天都和大家在群里聊天，谈心，虽然群里的妈妈大多数都没有见过面，但妈妈们在一起越聊越开心，越聊越觉得对方是自己的知己。终于有一天，我提议大家还是组织个活动，见一个面吧，那样妈妈们在一起会更开心，孩子们也有小伙伴可以一起玩了。就这样，在妈妈的欢呼声中，我开始筹备这次辣妈见面的活动。记得那是 2014 年，我女儿刚刚一岁多的时候，我策划的妈妈大聚会在一家自助餐厅开始了，当时来了 35 位妈妈、35 个宝宝，妈妈们都打扮得很漂亮，宝宝们也非常棒。我们这些妈妈很多都是第一次见面，大家在一起开开心心度过了一段难忘的时光，不仅收获了友谊，还收获了很多育儿的知识和经验。当时很多人看到这些漂亮的妈妈和宝宝都问，你们这是什么组织呀，真棒！

活动结束后，很多妈妈还问，咱们什么时候再组织这样的聚会呀？真的挺好的。这次活动的成功给了我很多鼓励，也启发了我，后来我又建了一个微信群，我们的微信群很快也到了将近 500 人。在这之后我又尝试着搞了几次辣妈活动，都很成功，也受到了妈妈们的欢迎。当时组织这些辣妈活动我都是公益的，不收大家任何费用，还有一些开支是我自己需要投入的。当时的我很单纯，就是希望妈妈们有些自己的业余生活，提高一些生活的品质，给妈妈的生活带来一些快乐，可后来发生的一件事让我开始反思自己的做法。

那是一次活动结束后，因为一点儿账务的问题，有些妈妈在微信群闹别扭，话说得也很难听。我当时正在照顾宝宝睡觉，也不便马上出来解释，因为我一直在义务组织大家搞活动，这些妈妈这么不理解我让我很伤心。虽然后来我出面解释把问题解决了，但这次的误会让我下了两个决心：一个是我一定要搞一个正式的辣妈组织，真正带领辣妈们提升生活品质，学习成长，把这件事当作一个事业来做；另一个是我发现做一个这样的圈子并不容易，尤其是全是妈妈的圈了，我必须对成员的素质进行筛选、考核，对参加辣妈组织的妈妈有所要求，设置一定的门槛，这样才能保证圈子的品质，有助于将来的发展。

2014年8月16日，我注册了山东济南辣妈汇的公众号，两个月以内就来了好多粉丝，不久，我转发了我们群里的一位妈妈的文章，没想到一下子引起了轰动，没出三个月我们的公众号粉丝就达到了一万多人。2015年1月，我正式成立了辣妈汇文化传播有限公司，我希望把这个机构做成时尚妈妈的专属频道、济南最活跃的辣妈圈子，我的想法是要把济南辣妈汇打造成O2O模式的高端妈妈俱乐部。所有的妈妈都实行会员制，而且，我要求的高端并不是物质方面的高端，我希望辣妈汇的妈妈都是高素质的、有很好的内在修养的，大家在一起可以代表积极上进、正能量的妈妈的形象的。

我希望我的辣妈汇组织不仅可以让妈妈们通过学习和感受提升素质，还可以通过参加一些有品质的活动提高自己生活的品位，不仅在外在形象上提高自己，也在内涵和个人素养上让自己有一个跃升，成为更现代更美丽优雅的辣妈。虽然辣妈汇的妈妈都是会员制，但我们组织的所有活动都是免费的，我现在的发展思路就是希望扩大一个用户基数，增加一个持卡率，因为我们和很多商家都有合作，妈妈在持卡消费时不仅可以获得商家的实惠，也可以给我们辣妈汇带来商机。

虽然现在很多人对我们辣妈汇的经营模式看不懂，有的人还说，你们这个机构成天组织妈妈们吃喝玩乐的，还不花钱，怎么赚钱呢？但这就是我们在互联网＋思维下的新的经营模式，我们不赚妈妈的钱，我们会跟商家合作，通过跟商家组织推广营销活动来盈利。现在的商家缺的不是产品而是资源，也就是有消费能力的人群。我们辣妈汇的妈妈不仅是很有品质的人脉资源，还是有消费能力的潜在客户，这样我们不仅可以给商家带来了实际的销售，还可以给企业带来不断的曝光率，只要我们保证人群的品质，跟商家的合作也是水到渠成的事情。

而且，我们的新媒体营销做得也很好，现在我们的公众号加入了济南的微信联盟和自媒体联盟，整个辣妈汇的营销都是自媒体营销的模式。现在我也从一个人的单打独斗变成了团队作战，我们立志要打造济南最时尚的线下辣妈生活圈，全方位地提升辣妈的生活品质和层次，因为现在线上的各种活动圈子太多了，我们希望独辟蹊径开辟出一条属于自己的有特色的路子，探讨出一个成熟的盈利模式。

辣妈汇成立以后，我们陆续接收到很多商家的邀请，不久前，我们和商家合作搞了一场红酒品鉴会，活动非常成功，很多妈妈都带着宝宝来参加活动，当时活动的现场也非常高端，很多妈妈都说，我们虽然没有华丽的礼服，但是孩子就是我们最好的装饰品。后来我们又跟中华旗袍会做了一场活动，当时很多妈妈都是在产后第一次穿上了气质高雅的旗袍，看到自己做了妈妈还可以如此的美丽妩媚、充满魅力，她们都有些心情激动。参加辣妈汇的活动不仅可以让妈妈们享受不一样的生活，最重要的是提升了她们的自信，让她们发现她们其实还可以拥有更好的自己，享受更有品质的生活，这让她们更加珍惜每一次活动的机会，更加信任和依赖我们这个组织，这是我想看到的结果，也是我一直为之努力的目标。

现在辣妈汇在我们山东也颇有知名度，很多媒体和商家也找到我们，想和我们合作组织活动，对此我们也有很多筛选，而且，我们也开始利用资源做一些慈善事业。去年我们为一位白血病女孩黄金朵儿募捐了几万元，帮助她渡过了难关，这件事在各大媒体上都有报道，也给我们辣妈汇带来了非常正能量的形象。我希望未来我们的辣妈汇会汇集更多优秀的妈妈，让更多的妈妈在这里学习成长，与更美好的自己相遇，与更美好的伙伴同行。

现在的辣妈汇也得到了市场的认可，目前我们已经探索出比较成熟的赢利模式，我们的加盟许可也正式开放，目前，山东已有青岛、聊城两个城市的辣妈加盟我们的辣妈汇，成为加盟商。对于加盟机构，我们也有一套严格的考核、培训措施，我觉得做这样的事业，品质很重要，风格很重要，这也是我们能否坚持下去的很重要的因素。

对于这份事业，我有足够的信心和耐心，我觉得这是一份需要沉下心来、耐得住寂寞的事业，因为有时候市场需要等待，需要培育，刚开始我投入创业的时候，只是因为一颗不服输的心，现在我懂得了更多，也明白了没有人可以随随便便成功，所有的成功都来自一份对事业的信念。我相信自己的方向没有错，为妈妈服务，让更多的妈妈发挥自己的价值，也找到自己人生的另一面，不因为做了妈妈而放弃自己的生活品质，同时也成就自己，这就是我对自己的事业未来发展的定位。

在创业的路上我还是新手，但我特别感谢我的老公，他一直不仅仅从精神上也在物质上默默地支持我，鼓励我。实际上，作为80后，我们两个都在创业，只是他走得可能比我更快一些，但是，他真的给了我很多好的建议，也帮我出了很多主意，尽管创业让我们彼此相处的时间越来越少，可他一直很信任我，从来没有因为我没有时间照顾他而不开心。创业也让我更加理解他的不易，可以说，自从我开始创业以后，我们两个都成熟了很多，彼此理解了很多，我们之间的感情一直在升华，这让我总是感觉很幸福。

其实，论生活条件我真的也挺不错的，靠老公我也可以过上不错的生活，专心在家相夫教子，可是我是一个很追求独立的女性，我希望做了妻子和妈妈也应该有自己的生活圈子，有自己的空间和自由，我不想靠哪一个男人过上衣食无忧的生活，我觉得就是做了妈妈我也一样可以努力，让自己过得更好，不为了证明什么，只为了让自己有更多的价值感。

创业以后唯一的遗憾就是陪孩子的时间少了，我的女儿从二个月开始，一直到她两岁多都是我自己在带她，可自从开始做辣妈汇，我经常很晚才能回家，回到家里她常常已经睡了，我心里真的是特别不好受，觉得对不起女儿。可工作的事有时候真的没办法，这是我目前挺纠结的一件事，感觉总是平衡不好创业和孩子之间的关系，也许未来我会找到一个比较合适的办法，既可以专心创业，又可以好好地陪孩子。我承认我是一个比较贪心的妈妈，既想要事业的成功，又很想陪着孩子一起长大，不过，我的女儿真的也是在一天天地成长，我想她也会越来越理解妈妈，懂得妈妈打拼的意义。

我一直是一个非常爱美爱漂亮的女性，做了妈妈以后也一样地对自己要求很高，我希望所有的妈妈都跟我一样，不要随意地就放弃自己的青春和梦想。我们虽然是妈妈，可我们还是我们自己，过去，别人说我漂亮我会很开心，现在，我是正在创业的妈妈，我希望在别人眼里，我不仅是漂亮的，还是独立的、精彩的。我不仅可以让自己很棒，还可以帮助更多的妈妈精彩起来。这是我的理想，也是我的梦，更是我的追求，是我坚持奋斗的理由。

中国辣妈创业主人公

蔡丽娟

四川乐山人　34岁

08

我今天的成长应该感谢我的儿子,我觉得儿子就是我人生最好的励志大师,有他在我身边,我一定会是一个对未知的命运无所畏惧的妈妈,不管是创业还是生活,走到哪一步都不会停下自己进取的脚步。孩子就是天使,是他让我懂得如何做更好的妈妈。

我少女时代最初的梦想是当一名老师，我想考师范类的学校，将来成为一名出色的老师。遗憾的是，高考的时候我的成绩不够理想，最后只得去了一个不够理想的学校，学了一个自己没有兴趣的专业。大学的头几年我过得很茫然，找不到努力的方向，也不知道自己喜欢什么；大三的时候，我的一个朋友，也是亲戚，她在影楼里上班，是专门做化妆造型的，她建议我来看看，学一学化妆造型，看看我对这个行业是否感兴趣。

没想到我去学习了一段时间，就感觉自己特别喜欢这项专业技能，甚至可以用热爱来形容，就这样，我好像一下子就找到了自己喜欢的方向，开始往这个方向努力。大学毕业我就进了影楼做化妆造型师，而且在这一行一干就是7年。做我们这一行非常忙碌，尤其是节假日、周末就更加忙。应该说我一直很努力，不仅因为自己喜欢，更重要的是希望自己在这方面有所成长，成为一个优秀的化妆造型师。

我跟老公是大学期间认识的，他是海南人，我是四川人，因为跟我相恋，他大学毕业留在了成都，因此，大学毕业不久我们也就走入了婚姻。成家后我们都各自忙碌着，他在一家企业打工，我在影楼虽说也是打工，但我因为很喜欢这个工作，老板也很看重我，所以，我干得一直很安心，后来要不是我儿子出现了意外的情况，可能我会一直这么干下去。

那是 2009 年，儿子快两岁的时候，因为工作非常忙，我怀这个孩子的时候也一直在工作，生了他以后三个月也就上班了，孩子一直是外婆在带，我实际上跟他相处的时间并不多。儿子一直很活泼、开朗，是个人见人爱的好孩子，可就是迟迟不开口说话，这种情况一直到他快两岁还没有改变。我们有些着急，怀疑他是不是听力有问题，我因为工作特别忙，没有时间陪他，就让我的父母带他去医院看看，我的父母也没有重视这件事，带着孩子随便找了一个小医院看了一下，结果说是没问题。听医院这样说我也放了心，没再多想这件事。

就这样一直到儿子过了两岁的生日，他仍然没有开口说话的迹象，我到这时才真正有些紧张，赶紧和老公带孩子去了四川最好的医院华西医院检查。经过一系列的检查，结果让我们夫妻两个都很崩溃——儿子的情况很严重，双耳的听力几乎为零，属于极度的听力障碍，基本上是双耳失聪的状态。刚刚听到这个消息时，我的内心极为抗拒和沮丧，我心想，不可能呵，孩子出生时做过听力筛查，是正常的呀，我和老公身体健康，双方家庭都没有这样的情况，为什么这样可怕的事让我们给遇上了呢？

看着儿子活泼的笑容，我说什么也不想承认这个事实，我简直不敢相信，如果不尽快想办法，他的一生将在一个无声的世界里度过。失聪的孩子最可怕的不仅仅是听不到，更是他因为听不到声音可能终生不会开口讲话。当时我儿子已经两岁了，再不赶快给他治疗真的有可能耽误他的未来。当时虽然我的内心一直在很难受地挣扎,不想接受这个事实,但我也很清楚,能够帮助孩子的只有我们做父母的,我不能在这个时候放弃任何可以帮到孩子的机会,不管是什么样的机会我们都要试试看。

当时面对孩子的这种情况,医生给我们提了两个建议:一个是给孩子戴助听器,大概需要三万元;一个是给孩子做人工耳蜗手术,需要30万左右。说实在的,对于当时都是工薪族的我们来说,不管是三万还是30万都是一笔巨款,我们都很难一下子拿出这么多钱来给儿子治疗。而且,那位医生还一再说,即使带上助听器,孩子也需要去上那种专门的聋哑儿童培训学校训练,否则孩子的恢复效果也不乐观,而上这种学校的学费是每个月三千多元,可以说根本不是我们这样的家庭可以负担得起的。

在这之前我对自己的状态还挺满足的,我和老公都不是成都当地人,我们两个都是在大学毕业以后留下来的打工一族,有了自己的小家,有了稳定的生活,从来没觉得有什么难的,可是,儿子的事犹如突如其来的灾难,让我们经济上和精神上都有些受不了,尤其是精神上的折磨更是让我们难过。特别是我老公,他本来是那么一个爱说爱笑的人,孩子的事发生以后,他像变了一个人,不仅沮丧、消极,还经常把自己一个人关在屋里,不想出门,不想见人,有的时候还抱着我痛哭,觉得我们没有把孩子照顾好。

其实在发现孩子这种情况后,我难过、伤心的程度绝不亚于老公,我是孩子的妈妈,我比谁都更心疼孩子。我也有脆弱的时候,好几次我们夫妻在一起抱头痛哭,不知道该去抱怨谁,该去向谁求得帮助,来帮助我们的孩子。可是后来,我渐渐走了出来,我想孩子遇上这样的事已经够不幸的了,我们做父母的不能再让他伤心、失望,尤其是我这个做妈妈的,这个时候我如果不坚强,如果不给孩子想办法,那我们的孩子才是真正的惨,我不能做一个让孩子失望无助的妈妈,我要给我的孩子想办法,只要能帮助孩子,我怎样做都可以。

那个时候,为了给孩子找到一条可以走的路,我几乎天天都在打听像他这样的孩子应该怎样治疗,后来,我们接受了医生建议,找到了一家可以给孩子配助听器的厂家,也就是在这里,我们遇上了一位非常好的老师,他不仅告诉我们有关孩子佩戴助听器的相关知识,还帮助我们联系了省残联的培训学校,让我儿子去参加免费的康复训练。就这样,在孩子戴上助听器以后,我们一直坚持带孩子去学校做训练,很快孩子的状态就有所好转,几个月以后,两岁多的儿子终于说出了他人生的第一个字——"鱼"。当儿子一边用手做鱼的尾巴,一边说出了这个"鱼"字的时候,我记得我的眼泪都流下来了,我觉得儿子有了这样的变化,我们所有的辛苦都是值得的。

那一段时间,为了给孩子做康复治疗,我一直在陪着孩子,那时我已经想要辞职创业了,因为,孩子将来手术还需要很多的钱,而靠我们打工什么时候才能赚到这么多钱呀。有时候，孩子的问题带来的经济压力常常让我彻夜难眠，你不能想象，一个妈妈，当她的孩子需要她的时候她却无能为力，这种感觉有多折磨人。我是一个从小就特别好强的人，我从上了大学就再也没有问父母要一分钱，经济上一直靠自己，现在我的儿子需要妈妈的强大，我却没有这个能力，这让我辗转反侧，一直在自责。

当时我在影楼的工作很好，却提出了辞职，老板一再挽留，我告诉他我儿子的事，我说孩子这样的情况我要多一点儿时间来陪孩子，老板很理解，他表示可以允许我先休假照顾孩子，等什么时候方便了再回来上班也可以。老板盛情难却，我只好同意先休假。就这样，我是2009年6月开始休假陪孩子去做康复训练的，孩子情况的好转给了我很大的鼓励，也给了我很多的信心，让我看到了希望，因为那时我已经了解到像我儿子这样的情况，配戴助听器不是最好的选择，想要尽可能地康复，最理想的方法是做人工耳蜗手术，而且越早越好，因为这样孩子会恢复得更好，甚至可以跟正常的孩子没有太大的区别。

可是当时对于我们来说，30万的手术费真的是一个天价，我想，不能够再等下去了，我要为我的孩子做点儿什么，我不想让孩子在成长中留下太多的无法弥补的遗憾，那将是我一辈子也不会原谅自己的事。就这样，在2009年的年底，我自己的彩妆店正式开张了，启动资金两万元是借父母的。那时我的店规模很小，就开在路边，因为没有费用做宣传，很多人不知道，刚开张的前几个月一个客人都没有，我也很着急，因为我的确无法确定自己创业是否真的行，那时创业真的是有些无奈的选择，因为我需要赚钱为我的孩子尽快得到好的治疗。

后来，在朋友的介绍下，我的客人才慢慢地多起来，因为我毕竟在影楼干了那么多年，一个是手艺的确不错，另一个我的客户也积累了不少，就这样，口口相传，来找我的客户才多了起来，但是，第一年我既没经验，也不会做生意，根本没有赚到钱。一直到第二年，我开始有些经营方面的方法了，也懂一点儿经营之道了，我的小店才开始略有盈利，但是，压力仍然很大。在做了一段时间后，我的一个朋友给了我一个建议，他说像我这样的街边小店再做也上不了规模和档次，想要发展还是要做品牌，做出自己的特色来，这样才会越做越好。

当时我觉得这位朋友说的有道理，因此，在小店赚了一点儿钱的情况下，我和几个朋友合伙在写字楼里开了一个化妆造型工作室，规模比较大，也比较有档次，生意也一天天好起来。

就在这时，我儿子的问题又来了。当时他已经去了幼儿园，因为我不想让孩子感到自己跟别的小孩不一样，产生自卑心理，因此，我一直送他去的是正常孩子的幼儿园。可是在这样的幼儿园里，他毕竟跟别的孩子不一样，尽管佩戴助听器让他的听说能力都好了一些，可有的时候他还是反应不过来，或者是表达不行。儿子大了，他很喜欢跟别的小朋友交流，可有时候别人说的他听不懂，他说的别人听不明白，就这样，孩子之间常常发生误会，有的家长就不太满意，甚至儿子的老师也有些不太高兴，经常来找我管我儿子。

有一次，我特意带着孩子去了幼儿园，就是想跟老师和家长们解释一下，想请大家对我儿子的这个情况多一些包容，可是，没想到的是，我到了幼儿园，老师和家长都对我们很冷淡，甚至有些嫌弃，那种冷漠和歧视让我非常生气和难过，后来连校长也建议我们，不行就退学吧，最后，我很坚决地让儿子从那个幼儿园退了学。

可是，孩子在一天天长大，他不能总在家里待着呵，马上就到了上学的年龄了，我们该怎么办呢？那段时间我为孩子的事着急得不行，就在这时，我的生意也出了问题，几个合伙人因为经营方向产生了分歧，不想在一起合作下去了，很快我的这个工作室也面临着散伙的可能，内外交困让我特别无助。正在这时，一个好消息传来，对于我儿子这样的孩子，国家出台了一个政策，只要他的情况符合条件，而且动了手术会有很好的恢复希望，国家可以免费给孩子佩戴人工耳蜗。戴上人工耳蜗对孩子的听力恢复会有很大的帮助，而且，如果康复训练做得好，孩子基本上可以跟正常的孩子一样，生活、学习都不受影响。我当时听到这个消息简直有些欣喜若狂，因为这意味着我们不用非要赚够了 30 万孩子才能得救，而且，孩子马上要上学了，如果能在他上学之前解决这个问题，孩子的未来就真的可以改变了。

我很快就到省残联去申请这个援助，经过多方审查，孩子的条件符合，可以安排手术。可当时我们又面临一个选择，那就是手术有风险，也有可能失败，我们必须做好最坏的打算。我觉得这个时候真的是很考验我们的时刻，看到儿子每天无忧无虑的笑容，我觉得我们必须去赌一把，不管结果如何，我们只要尽到心了，不为孩子的成长留下遗憾，我们也应该算是尽职尽责的父母了。

就这样，我们下了决心，让孩子去接受了人工耳蜗手术。那天我记得很清楚，儿子剃了个小光头，当时他还不满六岁，我们大人面对这样的情况都有些腿软，可他仍然笑个不停，开开心心地走进了手术室。几个小时的手术，我们在外面等得心发慌，我不停地流泪，祈祷儿子平平安安归来，后来，儿子出来了，手术很成功，只是整个头都被纱布包裹得严严实实的，只露出两只眼睛，可是他仍然在笑，还不停地安慰我们，告诉我们他没事，很开心，此刻我只有感恩。

整个手术的过程孩子没哭没闹，一直很乐观，我不知道小小的他怎么会有这么大的心。接下来住院的日子里，他还会不停地安慰同一个病房的小朋友，把玩具送给小朋友玩，我觉得磨难有的时候真的不是坏事，它让我的儿子在瞬间长大了，变得越来越懂事了。手术以后，儿子的听力恢复得很不错，再加上我们每天都在给他做康复训练，尤其是他爸爸，每天都是他在陪着孩子，一个字一个字地教，一个音一个音地发。孩子的成长也很快，两年后他读小学的时候，我们真的把他送进了普通的小学，而且他也很适应。

孩子入学后，我也接受了以前的教训，特意去了学校，找到了校长和老师，还有一些家长，跟他们沟通。我向大家介绍了我儿子的情况，没想到大家非常理解，尤其是校长和老师，都非常关心我儿子，孩子在学校里很开心，跟同学相处得也很融洽。虽然由于反应还是慢了一些，他的学习成绩一直不是最优秀的，但我已经非常知足，只要他可以每天很开心地到学校去，那里有接纳他的老师和同学，让他感觉自己并没有跟别的孩子有什么不一样，我想这就是我们最大的成功。

孩子的事总算让我心里踏实了一些，可我们合伙的工作室终于进入尾声，最后，我分到了四万元钱。经历了这么多的挫折和磨砺，看到我儿子这样的孩子那面对命运的无所畏惧，我已经不像刚开始创业时那么没有信心了，拿着分到手的这四万元资金，我重新开始创业了，这一次，我注册了自己的品牌，我的"安娜嫁衣"工作室正式开张了！由于几年的积累，我在成都的化妆造型界已小有名气，很多大型的赛事和活动的参与者都慕名而来，我又变得非常忙碌，有时候一天需要工作18个小时。就在这时，很多化妆培训学校也请我来给他们讲课，做培训，在这个时候，我终于找到了跟我少女时代的梦想亲密接触的机会，那就是做培训老师，培养更多的专业人才。这可以说是我自主创业后，除了经济上的独立，获得的又一个惊喜吧。

现在，我的工作室除了化妆造型、组织活动的业务，还有很大一块的业务是做专业的培训。我们实行的是小班制，每次收五六个学员，为的就是保证教学品质。我希望自己带出来的学员个个都是可以独当一面的专业人才，保证每个人在毕业以后可以找到非常好的工作或者能够自主创业。

近几年，我还有个感觉，那就是来学习的妈妈特别多，我的学员当中，就有很多是已经生完宝宝、准备重返职场的妈妈，她们当中很多人年轻时都有过打拼的经历，为了孩子回归了家庭，可是随着孩子的长大，她们也都面临着重返社会的选择。由于社会变化太快，她们过去掌握的技能已经不能够满足社会的需求了，于是，她们当中很多人都希望学习一些新鲜的技能，拥有更适合社会发展的专业特长，这就让我们工作室的培训业务有了特别好的市场。我特别支持妈妈们出来学习一技之长，我觉得无论社会发展到什么阶段，女人的独立和强大都很重要，出来工作的妈妈，不管是自己创业还是有一份自己喜欢的工作，都会让妈妈们找到更多的自信，从而有更好的心态面对生活的挑战。

我做了13年的化妆造型工作，有了很多的专业积累，这使我很容易就在教学中把这些专业经验带给大家，和学员们有很好的分享。接下来我会把主要的精力放在教学培训上，因为，我本身就是创业妈妈，我特别支持妈妈们的创业规划，在我教过的学员中，已经有不少人开始自己创业，也有很多妈妈把自主创业列入了自己的人生规划，看到这些妈妈的成长，我感到由衷地开心。虽然市场的竞争越来越激烈，可我相信，只有不够强大的你，没有失去机会的市场；只要你想要，机会永远会在。

现在，我的儿子已经读三年级了，他仍然是那么乐观、活泼、爱与人交流，而且还很要强。其实，我和他爸爸从来没有要求他在学习上要怎样，可他自己却要求很高，考不好他会很着急、自责，学习上也很用功。我对儿子真的没有过高的期望，只是希望他健康、开朗，有一技之长，将来可以有生存的能力。

一直觉得孩子是很有智慧的生命，我一路走来，每个人生关头都是儿子在给我勇气和力量，他乐观、努力、勇敢，面对不公平的命运从不抱怨，总是接纳、承担、积极地去面对的品质，给了我这个做妈妈的最深刻的教育，我觉得儿子就是我人生最好的励志大师，有他在我身边，我一定会是一个对未知的命运无所畏惧的妈妈，不管是创业还是生活，都不会停下自己进取的脚步。

中国辣妈创业主人公

孙 莹

浙江宁波人 39岁

09

从小我在一个不完整的家庭里长大,这让我终生都缺乏一份安全感,十年里我三次创业,终于发现自己还可以成为那个靠自己独立、靠自己成熟的女人,为此我感恩生活给予我的磨砺与挫折。

我出生在一个知青家庭，妈妈是返乡的知青，爸爸是当地的农民，由于爸妈从小感情不和，我是跟着爷爷长大的。妈妈一直是出走状态，我小时候最深刻的印象就是我经常需要去找妈妈，我希望妈妈跟我一起回家，可妈妈从来没有。把我抚养到16岁，爷爷去世了，这个世界上跟我最亲的人离去了，我悲伤却没有任何办法。

2000年，我来到了江苏常州打工，由于喜欢美容行业，我通过学习做了美容师，刚开始做店员，两年后我做了店长。2004年，在我的一些客户的帮助下，我开了自己的第一家小店，是我的一些客户你一千他五百借了我5000元钱才做起来的，虽然只有50平米，却是我自己的第一次创业。那一年我27岁，这时有一个小伙子在不断地追求我，他是本地人，让我这个外地人很有归属感。2005年我结婚了，2007年我生了女儿，在这期间我的生意一直很好，我的小店也从最初的50平米换成了后来的200平米，四年后我买了400平米的商铺，有了自己的房子，开了非常漂亮气派的美容院。当时在别人的眼里我是个很成功的创业女性，家庭幸福，老公也不错，但只有我自己知道，我的婚姻是一个什么样的状态。

当时我的老公是一个交警，他特别忙，我也特别忙，我们经常在白天碰不上面，他一般深夜才能回家，对于我来说他存在的意义就是家里有这么一个人。那时候我们也很少沟通，他对孩子好像也没什么感觉，很少关心，我们之间的感情越来越淡，到最后我开始对这个婚姻失去了信心。就在这时,有一个男人走进了我的心里,他是一个普通的业务员,但对我很关心,很呵护,我一个女人撑着那么大的摊子,说实话很累很辛苦,也很希望有个人跟我一起分担一下压力,可是我老公对我基本上不闻不问,面对这样的没有温度的婚姻,我渴望着一个温暖的肩膀可以让我靠一下,就这样,我跟那个关心我的男人走到了一起,但当时我并没有想要离婚。

不久以后,一个偶然的机会,我老公发现了我跟那个男人的问题,他很愤怒地质问我,我告诉他,离婚吧,可是他又不肯。那时我在家里基本上是处在他的暴力之下的,不管什么时候,他只要想起这件事来就会给我一顿暴打,然后,他再哭着送我上医院。我知道这件事是我有错在先,我也很理解他当时的心情,可是他总是这样我也受不了,后来我就带着女儿离家出走了。

在外面住了很长时间,我一直在和他沟通离婚的事,也让朋友去劝他,终于有一天他同意了,但条件是让我回家再跟他单独谈一次。为了解决这个问题,我回了家,当时我也担心他再打我,还让一些朋友陪我回了家。可是到了家里,他对朋友说:"我们现在还是夫妻,我有些话要对她单独说。"说着就把我拉上了楼。我当时也有些大意,谁知上了楼他就对我下了手。

我大叫救命,是他爸爸先冲上楼来的,看到我的惨样,他爸爸怒问他干了些什么。我记得很清楚，当时他穿着白衬衣坐在沙发上，若无其事地对他爸爸说，我是在门上自己碰的。他爸爸一直是这个家里最心疼我的人，我也一直很敬重他。这时他爸爸大概已经明白了是怎么一回事，怒骂着他和朋友们一起送我去了医院。

我在医院住了很长时间，当时我身心俱疲，只想尽快跟这个人离婚。我到法院递了离婚起诉书，判决的结果是我净身出户，等于我十年的创业付诸东流，但是，解脱了这段无爱的婚姻，我不后悔，我是带着一个产品的配方和4岁的女儿离开了那个家，连一件衣服都没有带走。

后来很多朋友都替我抱不平，让我告他伤害罪，至少也要让他承担一些责任，但是，我后来还是原谅了他，因为无论怎样说，还是我有错在先，我在感情上有了别的选择，这对他来说是一种伤害，他在最后这样伤害了我，我们扯平了，应该是互不相欠了吧。

离婚以后，我跟那个很呵护我的男人走到了一起。当时我的身体还没恢复好，都是他在照顾我，也就在这个时候，他也发现得了肝硬化，我觉得我们有一点儿像同是天涯沦落人，只有彼此惺惺相惜了，而且，自从净身出户，我的经济状况也很不好，他也是个一无所有的人，我们在一起只能从头再来，白手起家，于是，我和他在一起又开始了第二次创业。

当时我一直在做纤体瘦身行业，跟前夫分手我唯一值得庆幸的事，是我带出了自己的产品配方。我在这个行业经营了很多年，也有不少的老客户、加盟商，很快我的事业又开始做了起来，我们之间的感情也越来越稳定，而且，他对我的女儿很好，对我的家人也很好，2012年我们结婚了。就在这个时候我萌生了退意，一个原因是我本身就是个小女人的性格，喜欢依赖别人，过去在商场上打拼，只是因为没有人可以依赖，后来再婚嫁给了这个我爱的男人，我感觉自己终于可以松一口气了，因为我非常信任他，也因为我真的有些累了，我希望回归家庭，做男人背后的小女人，在家里相夫教子，过轻松的日子。

还有一个原因是，我始终认为他是一个男人，他应该有一份成功的事业，我要把这个成功的机会让给他，让他有机会去实现自己的抱负，而且，我一直认为他是一个很有才华和能力的男人。我承认当时我很爱他，也非常信任和依赖他，我当时想，我付出了这么大的代价，才和他走到了一起，我们是患难夫妻，有他在我身边我应该很踏实。就这样我把公司和产品完全交给了他，我回归了家庭，开始做他背后的小女人。

因为他的身体不太好，我一直特别照顾他，以至于后来很多人都说，那几年我简直成了他的保姆。后来，他也真的没让我失望，他把我们的事业做得很成功，产品也推广得很好，我们又开始有钱了，生活也渐渐好起来。可是，面对他的成功我有时也并不平衡，我想那些光环原本是属于我的，可是我现在却成了一个无所事事的人，因为有时候情绪波动得厉害，我们之间也不断地发生一些摩擦，一次次吵得很伤心，后来，他便经常不回家。2014年，他向我提出了离婚。

一直觉得自己为他付出了全部，在和他的这个关系上，我是那个离不开他的女人，再怎么劝他都没有希望的情况下，我切了手腕，不为别的，就是因为自己输不起。虽然当时他在朋友的要求下回来看了我，可看到躺在病床上的我时，他的第一句话便是，我们离婚吧，我已经有别人了。

也许是为了还我的情债吧，我出院以后他送我回了家，然后照顾了我很长时间，等我生活可以自理了，他就很坚决地离开了，再也没有回到这个家。而我也是在这个时候才知道，他想离开我已经不是一天的事了，他离开我的时候，我们公司的账上已经没有一分钱，仓库里也全空了，能干的员工全走了，甚至有些老客户也被他带走了。他在别的地方注册了公司，而我们的公司只剩下了一个空壳，我又一次到一无所有的境地，所有这一切的发生我都被蒙在鼓里。就在我回家做小女人的这五年里，我的上千万的资产又一次化为乌有，我失去了爱情又失去了钱，我不知道命运为什么要这样对我。这一次我元气大伤，真的有些爬不起来了。

我们是2014年的春天离的婚，他走了以后，我完全失去了继续往下走的勇气，每天在家里发呆，在阳台上一坐就是几个小时，不知自己该何去何从，也不知道人生还有什么意义。我曾经怀疑过他对我的爱，可是他真的也对我好过，我妈妈 2012 年患了淋巴瘤，当时我和爸爸都不想接妈妈回家，因为妈妈从来没管过我们，是他给我和爸爸做工作，建议我们把妈妈接回家来，给她治病，并且还拿出钱来把我们的家装修一新，说这样妈妈回来住得会舒服一些，后来，在他的劝说下，我和爸爸才同意接妈妈回来住，给妈妈治病。我想，他要是不爱我，会这样爱我的家人吗？

我沉浸在他离我而去的伤心中迟迟不能解脱，为此我还去找了心理医生。到现在我还很感谢我的心理医生，是他用一席话让我真正清醒了过来，他说："他走了，你身边还有别人，你不为你自己想想，也要为你的那些代理商、加盟商想一想，他们为了你们的事业，也许把自己的终生积蓄都拿了出来，他们跟着你是想做一番事业，而你却在这里天天自怨自怜，他们是如此信任你，你却迟迟不能从自己的小天地里走出来，一个男人就把你的整个人生都打败了，这样的你还能做什么？"

那段时间，我接触了心理学，做了很多的功课，我终于看清了，问题的实质不在别人身上，实际上就在我的身上，在我的个性和自身的弱点上。我不应该去抱怨命运，更没有自怨自怜的资格，我应该重新再来，该努力的是我自己，我不能总是把自己的幸福和安全感寄托在别人身上。

2015年，我又重新出发了，开始了我人生第三次创业。刚开始我很怕见我的客户，跟他们交流我很没有自信。有一次，遇上了一个客户，他问了我一句："我可以跟你合作，可是你可以给我什么？"说实在的，当时这个客户真的把我问蒙了，是呀，我可以给他什么？我一直在逃避，在放弃责任感，我能够给他们什么呢？

我又向我的心理医生求救，我的心理医生告诉我："只要你学会了面对，学会了承担，学会了负责任，客户想要的一切你都有能力给予。你要让你的客户信任你，相信你是一个可以做成事的人。"我终于找到了可以让自己变得强大起来的动力，那就是责任感和使命感。我开始马不停蹄地跑，8个月里做了四场培训，我成立了自己的品牌之家，把经营我的品牌产品的加盟商聚集在一起，大家相互关心，相互支持，也相互激励。很快，我就做了500万的销售额，最让我感到欣慰的是，现在我并不觉得赚到很多钱是我的创业目标了，现在我有很多的加盟商，有上百家的加盟店，他们当中大多是女性，也有不少是像我这样的单亲妈妈，我希望自己的这一份事业可以帮到她们，让她们的生活独立，人格独立，有自己的一份事业。只有这样才能不辜负她们对我的信任和支持。

在事业又一次稳定了以后，我开始修复我的感情，我把爸爸妈妈接到了自己家里。我们这个家分离了一辈子，现在我有能力了，我还是希望把它聚拢起来，我希望爸爸妈妈的晚年在我的照顾下能够过得好一些。

前不久，我跟离开我的那个男人又见了最后一面，在这之前他经常回来看我，可是他每来看我一次，我就会伤心很长时间。现在的我不同了，我有了自己的事业，终于开始变得独立起来。我希望在感情上跟他做一个了断，那次，我没有再掉眼泪，我跟他说："我感谢你，让我长大了，让我懂得这人世间还有比爱情更重要的事情，还有比依赖别人更好的选择，那就是学会自己为自己负责。是你教育了我，让我知道谁强大也不如自己做一个强大的人，做一个可以有所担当的人。"

那天，为了他从我这儿带走的那些资产，我让他写了一张20万元的借条，其实此时我不缺钱，我只是想要一点儿公平。后来，他给了我一个大大的拥抱，我居然很平静地就接受了，没有激动，没有伤心，只有心如止水的淡然。

回到家里，我拿出那张借条，我知道这是一张永远无法兑现的借条。他如果还我，这区区20万又怎能还清我的情意；他如果不想还，我留着这张借条又有什么价值，只徒然增加伤感。那天晚上，我把借条拿出来烧掉了，然后我拍了照片给他看，随后我删掉了他的联系方式，删掉了和他的所有对话和信息，就在那一刻，我忽然感到自己真的放下了，所有的爱恨情仇都在那一刻释然了，我原谅了自己，也原谅了所有人，我跟这个世界和解了，我不再抱怨任何人，对生活只有感恩。如果说我的前两次创业都是为了生存，现在的第三次创业一定是为了人生有不同的价值，是为了成就自己的梦想。

现在，我的产品已经在申请国家专利，我的事业也在慢慢地做大，我的女儿九岁了，越来越懂得心疼妈妈，是我生活里的最好陪伴。小时候，我最难过的是爸爸妈妈总不跟我在一起，现在，他们就在我的身边，在我的奋斗下他们的晚年衣食无忧，这是我这个做女儿的感到很开心的地方。我们这个家的团圆虽然来得晚一点儿，但总算还是团圆了，女儿、父母、客户都是我的责任，他们也是我现在继续创业的动力，我希望成为让父母为我骄傲的女儿，让女儿为我喝彩的妈妈，让客户信赖的创业者，虽然前路迢迢，可我已不畏艰难，因为生活已经给了我太多的磨砺。经历就是财富，我深信不疑。

中国辣妈创业主人公

吴佳丽

广东汕头人、24岁

10

我从来没有想到,这么年轻就做了两个宝宝的妈妈,但既然做了也心生欢喜地去做。虽然家里的生活条件不需要我太辛苦打拼,可我还是想要自己喜欢的那种有追求的感觉,觉得做了妈妈的女人更应该有自我价值的实现。

我本来是学幼师的,毕业以后就在老家的一个私立幼儿园做老师,那是一个比较高级的幼儿园,家长和孩子都很喜欢我,在那里工作了两年,我一直很开心。2012年,妈妈的朋友帮我介绍了男朋友,也是我们当地的小伙子,他比我大五岁,看上去也很稳重、踏实,在这之前我从来没谈过恋爱,所以,他也算是我的初恋吧。

恋爱了半年以后,我们结婚了,因为在我们潮汕地区,女生普遍都结婚比较早,要孩子比较早,因此,家里的老人也希望我们早要孩子,于是结婚一年后我们就有了女儿,第二年,又生了儿子,2014年,我22岁就已经成为两个宝宝的妈妈了,虽然有些辛苦,但是我很快乐。

我的老公家里有家族企业,是做珠宝首饰的老字号,在我们汕头当地也很有名,后来还在深圳开了分店,家里的条件不错,生活也很富足。结婚之初老公和公婆都说,像我这样的情况不需要做什么工作,就是在家带好孩子,相夫教子,把家人照顾好就可以了,他们对我也没有什么额外的要求。

我是跟公婆一起生活,因此每天要做的事就比较多,不仅需要带两个孩子,每天家里的三餐、打扫卫生,全是我的责任。可能也就是因为年轻吧,我每天可以在把这些事情都做好的情况下,还感觉有很多的能量没有发挥出来。我很不希望自己是一个什么追求也没有的妈妈,虽然老公的家庭比较富足,但我总是觉得自己还是需要有一些收入,不能什么都跟老公伸手，那种感觉并不好。

但是我是全职妈妈，又是家庭主妇，家里和宝宝的一切都要我来打理，出去工作显然是不现实的。2013年，电商的兴起让我看到了一些机会，我开始跟一个朋友在淘宝上做网站搞香港代购。当时我出不了门，都是由我这个朋友去香港采购，我负责在网上接单、配货、发货，虽然生意很小，但也算是我的第一次创业吧。刚开始这个小生意做得还行，可后来随着越来越多的人开始做代购，竞争很激烈，加上我的那个朋友也不怎么去香港了，这个代购业务也就无疾而终了。

这一次创业虽然不怎么成功，却让我学到了不少的东西，我开始懂得做一个电商如何跟买家沟通，如何把产品拍成图片上传，如何在淘宝店上架和下架。虽然后来没有坚持下去，也是因为我觉得这个事情没什么挑战，在我的内心里更喜欢一份比较有征服力和挑战性的工作。2015年，因为微商的兴起，我加入了一个辣妈创业群，在这里我结识了很多创业妈妈，其中有一位山东的妈妈让我特别感动，她本身就是一个普通的水电工，但是她却通过做微商让自己拥有不一样的生活，而且，她非常正能量，每天都热情上进地面对生活，让我受到很大的鼓舞。当时她在做一种叫作撕拉指甲油的新产品，是女孩子都喜欢的东西，我跟她取得联系后，很快就做了她的特约代理，当时这是最低的一级代理。

当时我的宝宝大的才两岁，小的还不到一岁，我每天要忙全家五个大人的三餐，通常是早晨起来，照顾孩子吃了饭，再和女儿玩一会儿，然后我会让孩子们听会儿音乐，这样的早晨我可以有一个小时的时间，用来配货，写单子，跟客户沟通，或者发货；中午照顾大家吃好了午饭，带两个孩子去午睡，孩子睡了就是我的工作时间，我开始自己拍拍买家秀，上传一些小视频，然后在群里跟代理们互动一下，回复一下客户；下午孩子们醒了，要带他们去花园玩一会儿，散散步，运动一下，回来又要准备晚餐了。

晚上孩子们睡了以后也是我的工作时间，那时候我平均每天只睡几小时，从来没有过午睡，晚上窝回到群里听听课，跟代理们回答一些问题，分享一些经验，在朋友圈里发发产品信息，跟客户互动。忙一会儿我还要陪陪家人，尤其是公婆，他们不喜欢我总是捧着一个手机，也不太支持我做微商，觉得家里也不需要我赚什么钱，我只要把孩子和家庭照顾好就够了，所以，我想做自己喜欢的事情，还要照顾到他们的感受。

就这样大概坚持了三个月吧，我已经从一个最低的特约代理做到了全国的总代理。说实在的，我有这样的成绩连我老公都有点儿刮目相看，刚开始他根本就不觉得这算什么生意，能赚什么钱，看我热情很高，他也不好泼冷水，只是说，既然你喜欢，你就玩玩呗。做到全国总代后，我需要进500盒货，大概要25000元本金，当时我没有这么多钱，老公说可以给我，但是，我当时很坚决地告诉老公，这个钱算我借他的，将来我是一定要还的，后来，不到半年的时间，我就赚到了五六万，还了老公的25000元本金，我还净剩三万多元，等于我每个月平均可以赚到三四千元，而且，这个钱是我在带着两个宝宝、在家里做全职妈妈和主妇赚的，在我们这里有的人上班也赚不到这么多。这一次我的成功让全家人都对我很佩服，尤其是公婆，他们对我的感觉也有一些不一样了，对我做微商也有一些接纳了。

初次试水微商的成功也鼓励了我，让我坚定了即使在家做全职妈妈和家庭主妇也要做自己的事业的信心。有很多妈妈都会说自己带着孩子还要做饭已经很辛苦了，何必自己再去争取什么事业，钱有的花不就行了吗？对我来说，这真的不是一个简单的钱的问题，我觉得我们是新一代的妈妈，又很年轻，受过一定的教育，就满足于做一个家庭主妇是非常消极的做法，我们做事情不仅仅是为了自己，也是为了孩子，至少你不要让你的孩子觉得你是一个很懒惰的人，一个很没有梦想和追求的人吧。

我觉得自己有这个能力去创业，干一件自己喜欢又能够创造价值的事情，为什么不呢？做微商和电商让我成长了很多，我开始觉得在这个互联网+的时代，我们有很多的机会可以创造奇迹，这是属于年轻人的时代，虽然我们已经是妈妈，可这绝不是我们可以放弃的理由，正因为你是妈妈，你才要做更好的自己，成为更优秀的女性。

我老公的家族企业是珠宝首饰店，始创于 1989 年，不仅有几十年的历史，而且一直是实体店，在我们当地是很有名气的。可是在目前的这个电商时代，实体店也面临着转型和与互联网接轨的需求，否则想取得很好的效益也不是那么容易。我因为自己做微商和电商后不仅积累了一些经验，还拥有了不少的人脉，我开始尝试把自家店的珠宝首饰在网上和微信上进行宣传和推广，尝试通过新的形式来拓展老字号的业务。结果让我很惊喜，因为互联网打破了地域的局限，过去对我们的品牌和产品比较熟悉的只能是我们本地和周边地区的人，现在通过电商和微商，我们可以和天南地北的客户做生意，只要我们把新的款式和产品上传网络，客户看好了就可以在网上下单、付款，生意很容易就成交了。这不仅解决了实体店只能服务于到访客户的问题，还对我们的客户群的扩大、品牌的影响力、新产品的推广、降低运营成本有很大的帮助。目前，我就在做这方面的新业务，把实体店的经营和线上的销售结合起来，这是未来我们企业的发展方向，我相信也是很多实体店的发展趋势。在这个时代，转型升级都是必需的事情，我们转得越快，将来的发展就会越顺利，这也算是我们这个家族企业的二次创业吧。

现在我一边带着我的两个宝贝，一边做着家务，照顾着家人和老公，一边做着家族企业转战电商、微商的转型升级的事业，虽然有些辛苦，但感觉很充实，也很踏实。这几年我自己的变化也很快，从无忧无虑的女生成为两个孩子的妈妈，从爸妈身边娇宠的女儿成为人家的儿媳，从全职妈妈、家庭主妇到自己创业的辣妈，很多朋友都惊讶我是如何这么快就可以转换角色的,也有很多朋友提起90后就总认为他们不靠谱,尤其是90后女生,就更加让人无法信任,而我不仅是90后女生,还是90后妈妈,我希望自己用实际行动让大家看到一个不一样的90后妈妈,看到她们其实也是很靠谱的一代。

我的两个宝宝一直是我自己在带,婆婆偶尔会帮一下忙,但我一直都会坚持自己带他们,一方面婆婆年纪也大了,一方面我觉得自己的孩子一定要妈妈来带,才对孩子将来的成长有好处。为了带好孩子,我一直在学习,我觉得我们这一代人的最大优点就是喜欢学习,因为我们年轻,对所有的事物都感兴趣,因此,学习是我们不断成长的唯一选择。不管是育儿还是婚姻家庭的艺术,我一直都在学习、成长,我觉得做妈妈、做妻子都应该学习。

很多人都觉得儿媳和公婆的关系不好相处,我结婚后一直和公婆在一起生活,我们相处得很融洽,婆婆对我很关照,我也很尊重和照顾她。婆婆家很重视吃,而我在结婚之初是厨房里的小白,什么都不会做,但是,我是家庭主妇,我必须承担起全家的一日三餐,就这样,我开始下功夫学习厨艺,上网去查各种菜谱,找朋友学手艺,实际上这些事情只要用心都不是问题。现在我的厨艺也很让大家称赞,公婆对我也比较满意,我们这个大家庭一直很和睦、温暖,这也是我最希望的。

尤其是在我开始创业以后,婆婆经常会帮我看一下宝宝,让我去忙一下自己的事情；老公过去不太理解我，他认为我不需要这么辛苦，带好孩子、照顾好家庭就可以了，但现在他知道我也是一个可以做成事儿的女生，看到了我的成长，他对我选择去做一点儿事情也很支持，甚至很配合。我觉得，作为一个全职妈妈一定不能让自己完全放弃，如果你整天待在家里，哪里也不去，谁也不接触，那你一定会跟社会脱节，会成为什么见识也没有的女人，而你的老公一直在社会上打拼，他每天接触的人和事都会很多，你们慢慢就会缺少共同语言，两个人谈不到一起去就会产生分歧，甚至相互无法理解，这样的夫妻就会不同步，谈不到一起，走不到一起，这样的婚姻关系会慢慢地疏远，最后产生危机。

所以，想要夫妻同步，不产生差距，妻子一定要积极上进，不要太惰性，过于依赖男人，一定要有自己的事业，哪怕小一点儿也无所谓，重要的是你不依赖别人也可以活得好好的。我创业有想要赚钱的念头，但绝不是仅仅为了钱，我就是希望自己不脱离社会，无论是在家庭里还是在社会上都有一个自己的位置，想让别人永远重视你的存在，你就要努力给自己保留一个位置。

在我们潮汕地区是有这样的传统的，女人一旦做了妈妈就不再需要自己做事情，家庭的经济来源主要靠男人，但是在这样的家庭模式中也会产生很多悲剧，很多妈妈因为没有经济来源，会在家里没有地位和权利，甚至还会遭受家庭暴力。有一些妈妈因为自己没有经济来源，只能委曲求全，生活得很不开心，我的同学和朋友中就有这样的妈妈。我每次回老家都会去跟她们沟通，希望她们学会自立，通过自己经济的独立来获得自己的地位和尊重。可是有的时候我也会很失望，因为有的妈妈总是会说，她不行，她老公不允许或者带着孩子没办法。像这样的妈妈我觉得她就是有太多的借口，可是你说服不了她，只能替她惋惜。

我一直觉得，我们是新一代的妈妈，一定不要再像我们的上一辈那样去生存，只要你有上进心，你有足够多的机会去做自己想做的事情。妈妈想要受人尊重，不仅品质很重要，待人接物很重要，经济的独立也很重要，况且我们也有自己的梦想，做了妈妈只是我们奋斗的开始，不是精彩人生的结束。我很希望通过自己的努力，给更多的妈妈带来一些启发，你的人生是否成功，跟你是否做了妈妈没有太大关系，而你的孩子是否成功，却跟你是否是一个追求成功的妈妈有直接的关系。创业也许并不可以使你成功，却是你追求成功的开始。我的孩子渐渐大了，我需要为自己的未来做一下规划，我希望自己把创业之路坚持下去，因为我渴望在这个路上与更优秀的自己相遇。

中国辣妈创业主人公

徐 敏

上海人 34岁

海外留学六年的时光,不仅让我学会了独立,还变得更加有责任感,因此,在创业之初,我就想把自己的理想和中国社会的需求结合起来,既做自己喜欢的事情,又可以帮助到更多的妈妈。

我出生在上海的一个知识分子家庭，家庭条件比较优越，因此，在我 2002 年高中毕业的时候，家里送我去了英国留学，在国外一待就是六年，2008 年我读完硕士学位后就回到了上海。在英国的六年留学生活对我来说是一个很好的锻炼，它不仅让我变得很独立，学会了为自己负责，还让我的个性变得比较成熟。

也许是在国外的那些日子真的太辛苦了，我回国以后迟迟不想去找工作，每天过着没有规律的生活，睡觉成了我最大的乐趣，一连好几个月就在家里待着哪儿也不想去。因为父母一直比较宠我，家里的经济条件也不错，可以说父母在经济上从来对我没有要求，这也让我有一些任性。

可是看到我这样"学成归来"，不出去找工作，每天就在家里这样消磨时间，有一天我妈妈终于沉不住气了，她对我说："我们送你出国留学，是希望你有更好的发展，可是你回来以后光知道睡觉，这让我们很失望。"妈妈的这番话让我很惭愧，觉得自己的确有些不够懂事，这么大了还让父母操心，后来，我就马上出门找工作了。

我的第一份工作是在一个培训机构做对外汉语培训老师，因为我的英语很好。可做了一段时间，我发现自己更适合做销售，于是，我又开始去做课程的销售，业绩很好，老板很欣赏我，后来，我升任了主管，带着 11 个人的团队做销售，可以说是所向披靡，几乎可以拿 90% 的单子，我自己也很有成就感。这一份工作一做就是4年，后来因为和老板的价值观不同，我就离开了。但是我还是很感谢这位老板，是他给了我很多在别的地方得不到的锻炼，比如他让我去扫楼，就是到外企很多的写字楼里去上门营销，让我到大街上去发传单，陌生拜访，这些我都经历过。我觉得这是一种非常珍贵的能力历练。

而且，我在这家公司还有一个最大的收获，就是认识了我的老公，他是一个日本人，当时也是到我们公司来学习汉语，因为他比较帅，也非常有风度，是公司很多小姑娘欣赏的男生。我是属于那种比较主动的女孩，而且，我们之间比较有眼缘，虽然语言有些不够畅通，但是很快通过"眉目传情"大家就知道彼此的心思，后来我们就确定了恋爱关系。

我离开那家公司以后，也陆续找了几份工作，但都没有干多长时间，2013年底我结婚了，而且，很快就怀孕了。自从知道自己很快就要做妈妈了，我就提醒自己应该把重心转移到我的宝宝身上来。可是，当时我对如何做一个妈妈一无所知，我这个人最大的长处就是超喜欢学习，我当时就想，不懂没关系，我可以去学习，于是，怀孕以后我做得最多的事情就是去各种听课，各种学习，不但学习育儿，还学习了大量的女性成长的课程。当时我挺着个大肚子去学习，很多人都觉得我很拼，因为大多数妈妈是在孩子出生以后遇上问题了，才觉得学习的重要性，而我是在孩子还没有出生的时候就在做知识储备了。

就在这时，我遇上了我现在创业的合作伙伴李雨轩姐姐，她当时怀着自己的第二个宝宝，她也是一位很爱学习的妈妈，我们一起到处听课学习，一起探讨自己未来的梦想，而且，她还是一位有信仰的妈妈，我感觉我们在很多事情上都很谈得来。后来她也生了一个女儿，比我的女儿大几天，我们都希望即使做了妈妈也不要放弃自己的事业和生活，也都觉得现在的妈妈素质有待提升，因此，想在一起做一个关于妈妈和孩子学习成长的项目。

对于我来说，一个是因为我在英国待了六年，在国外的确开阔了眼界，尤其是人的精神面貌，很想在这方面给国内的人们带来一些帮助；另一个影响来自我的老公，他是日本人，我无论是跟他在生活中相处，还是跟他一起回日本，事事处处都感到他的礼貌礼仪给人带来的那种舒服愉快的感觉，包括在我们女儿的教育中，他的做法都让我很受启发。比如女儿对我发脾气了，他会引导女儿给妈妈道歉，说对不起；比如外婆或者阿姨给宝宝喂饭或者换尿布，他一定会让宝宝说一声谢谢。我女儿很小的时候就很有礼貌，对谁都彬彬有礼，懂得感谢别人，我觉得都是因为爸爸从小对她的引导。

在我不断地寻找创业项目的时候，我老公也给了我很多的建议，他认为日本的礼仪礼貌教育很好，尤其是对于孩子来说，应该让孩子在小的时候就学到这些，养成习惯，把礼仪礼貌当成一种生活方式，这样的孩子长大了无论走到哪里都会是很受欢迎的人。

我自从做了妈妈以后也非常关注妈妈的品质，也深深感觉到妈妈的素质直接决定了孩子的品质。在我的身边也有不少这样的妈妈，她们为孩子各种花钱，培养孩子学习各种技能，但她们自己却近乎放弃，既没有好的外形，也没有优雅的行为，甚至有的邋里邋遢，不修边幅，非常不注重品质。对于这样的妈妈我也感到很遗憾，我觉得妈妈不提升自己的素质，光想着让孩子怎样成为优秀的孩子，这是很不现实的。

在我的身边还有一些这样的女性，她们每天想的都是如何嫁个有钱人，有了钱以后就可以去买各种奢侈品装扮自己，让自己变得有品位。对于这样的女性，我也特别想改变她们，我觉得她们不想自己去奋斗，总想着不劳而获，而且认为名牌加身就是品位，我觉得这很不成熟，也是素质不高的体现。我希望做一些事情，从根本上改变中国一些女性的生活状态，让她们懂得如何做更优秀独立的自己。

就这样，在不断思考中，我的创业之路也渐渐地明朗起来。这些年来我一直在学习，也积累了一些自己的东西，我希望做一个能够提升妈妈和孩子的素质和内在品质的平台，开发和移植一些学习课程，通过教育和培训让更多的妈妈和孩子受益，让中国的女性通过学习更好地成长。实际上这也是我一直以来的理想，是我自己很喜欢也很想做的一件事情。这实际上是让我的梦想落地的一个过程。

2014年底，在我的女儿两个多月的时候，我和我的好朋友李姐一起出资成立了属于我们两个的公司——"福育"文化。为什么叫这个名字？是因为我想做一份可以带给别人幸福的教育的事业。在我们的"福育"文化中又设了两个品牌，一个是"优品女人"，是专门针对女性和妈妈进行培训的；一个叫作"育福星"，是对孩子进行培训的。

我们的两个品牌下是两个系统的课程，有针对女性的形象提升、仪态仪表、穿着打扮、化妆技巧、礼仪礼貌的课程，还有一个系统是针对孩子的礼仪礼貌、仪态仪表的教育课程。我希望我们的课程可以让妈妈和孩子共同提高，因为我们发现，有的家长愿意把孩子送来做礼仪礼貌的培训，如果他们自己没有学习成长的话，即使孩子学得再好，回到家里也会因为没有这个环境而无法收到好的效果。

而如果妈妈或者家长和孩子一起学习提升，不仅会改变孩子，还会改变家长，尤其会改变妈妈。我们在课程里教妈妈如何得体地打扮自己，如何学会化妆，如何有一个好的仪态仪表，如何表现得很优雅，这不仅会让很多妈妈找回自信，还让她们对生活有积极上进的态度，愿意通过不断地学习来让自己成长，而一个家庭里如果有这样一位正能量、高素质的妈妈，那这个家庭的幸福指数一定是超高的。

而让孩子从小就接受专业的礼仪礼貌、待人接物、仪态仪表的教育和培训，不仅会让孩子有很高的素质，还会让孩子的情商非常高，懂得关注别人，尊重别人，也受到别人的尊重。这是目前我们国内比较欠缺的一种教育。我们现在的很多父母，对孩子的教育大多数还停留在技能的教育上，比如说让孩子学英语呵，学琴棋书画呵，很多父母没有意识到孩子的基本素质并没有得到很好地培养，这也是我们身边到处都是熊孩子，孩子的技能越来越高、品质却在不断下降的根本原因。

我在第一次给孩子们上礼仪礼貌课的时候就感触特别深，因为我们的课程主要针对3—8岁的孩子，当时我们的班上大概有七八个孩子，有上幼儿园大班的，有小学生，可是这些孩子来的时候真的是站没站样，坐没坐相，乱成一锅粥，我费了很大的力气才让他们安静下来。然后，我给他们讲怎样才会成为小淑女，怎样才会成为小绅士。虽然刚开始孩子有点儿乱，但一堂课下来，孩子们的状态马上就不一样了，真的都变得特别有礼貌，说话也开始慢声细语了，也很注意自己的仪态仪表，家长们看到自己的孩子有了这么大的变化，都很开心。

为了让家长和孩子共同提升，我们还开设了孩子和家长一起学习的亲子沙龙，比如我们有一个学习礼貌礼仪的亲子沙龙，我们会让家长和孩子在一起，一边进行课程学习，一边做一些手工作品，然后让孩子做好以后亲手送给父母。有一位爸爸和女儿之间一直沟通得不是很好，爸爸认为女儿的心智不够成熟，女儿也不善于表达自己，父女两个不但很少沟通，相处也不是很愉快。那天当女儿把自己亲手制作的贺卡送给爸爸，并且跟爸爸说了她一直想说却没有机会说的心里话的时候，爸爸感动得流了泪，觉得自己过去太不了解自己的女儿，他们之间的沟通方式真的需要一种改变。

正是这样的可以给家长和孩子带来一些实实在在改变的课程，帮助很多家庭找到了他们提升成长的路径。而面向妈妈群体的成人礼仪课程也在让一些女性不断地提升自己的素质，很多妈妈在我们的培训课堂上变得更加美丽了，气质也越来越优雅，这是我们特别开心的地方。现在，很多中国人都喜欢出国旅游，我们特别希望他们在到别的国家的时候，能够表现得文明、礼貌，仪态仪表让人感觉很舒服，很有素质，而我们的课程培训完全可以做到这一点，这也是我感到自己的这份事业特别有社会责任感的地方。

实际上，要说我的生活条件真的比较优越，家里的经济靠老公的收入完全可以承担，可我就不希望自己是一个无所事事的女人，尤其是做了妈妈以后，这份使命感就更强烈，我希望自己通过创业变得更优秀、更杰出，来让更多的妈妈看到女人做了妈妈一样可以成就自己的梦想。我的老公在我的创业当中给了我很多精神上的支持，虽然我们是异国夫妻，但心灵的相通让我们很默契，彼此都非常支持，他认为我应该去努力做自己喜欢的事情，不要给自己的人生留下遗憾。

公司刚刚开始运行的时候也经历了很多艰难的时刻，刚开始我们没有更多的资金来投入营销，只好用开公开课的方式来推广我们的课程，我们坚持讲了三个多月的免费课程，才有了第一批生源。由于我们的课程的确比较精彩，慢慢地通过口口相传来了不少家长和孩子，很多家长都是因为看到了别的孩子的变化，才来找到我们的。我们也通过这个机会，一方面培训孩子，一方面培训家长，当然主要是妈妈，妈妈和孩子一起学习成长，效果是非常明显的。

现在上海这样的培训虽然还不是很多，但竞争还是越来越激烈，我现在主要的思路是放在课程研发上，我希望做出自己的特色，因为上海是一个比较时尚的城市，因此，我希望在上海这个环境中做出一些与众不同的东西。我的想法是把上海做成我们福育文化的主营旗舰店，先探索出一个比较成熟的模式来，未来再往二、三线城市去推广，以加盟的形式扩大营销，让更多的城市拥有这样的教育和培训机构。我认为，礼仪文化和个人素质成长的教育是未来几十年里中国人特别需要的一种消费。

创业一年多来，我也成长了不少，最近我们又承办了中国最美妈妈公益评选上海赛区的活动，让更多的妈妈成为优秀的女性，成为美丽优雅的女人，也是我们最想追求的。创业让我的人生有了更强的使命感，使我过去并不清晰的目标变得如此具体和明朗，这也许就是一种人生的成熟吧。

自从我开始自己创业以来，变得特别忙，可是我的女儿又很小，我知道她正处在建立一生的安全感的最重要的时期，所以，我非常关注她的需求，只要是开会、学习方便的时候，我都会把她带在身边，即便是出差我也会带着她，尽管这样会辛苦一些，可是我真的不想做那种赢了事业却输了孩子的妈妈，我觉得我的女儿比我的事业更重要，我尽量学会在工作和陪伴孩子之间找平衡。

小的时候，我最大的梦想是建一座孤儿院和一座养老院，现在想想也许并不现实，但我一直在生活中默默地做着这些事情。很久以前我就一对一捐助了四个藏地家庭的孩子。在有我的女儿之前，我还经常去孤儿院做义工，帮助别人、扶持弱者一直是我做人的信念，我还会一直坚持下去。

2016年1月，我作为首届中国最美妈妈上海赛区总冠军来到北京，参加最后的决赛，经过几轮才艺和实力的角逐，最后我在来自全国的21位最美妈妈中胜出，一举夺得2015中国最美妈妈全国总冠军，在掌声、鲜花向我涌来的那一刻，我自己几乎不敢相信，我有这个实力，居然拿到了全国总冠军！那一刻，我激动不已，我告诉自己，天道酬勤，自己这几年的努力为这一刻奠定了坚实基础。还是那句话说得对，越努力越幸运。

现在我们的公司已经运营一年多了，初次创业的我们，虽然没有什么经验，但是我们有的是一股韧劲和坚持。到目前为止，我们已经做到了盈利，课程开展得也很顺利，现在有很多的学校、幼儿园也在跟我们合作，请我们去讲公开课，我们也在通过这样的机会传播我们的礼仪礼貌文化，未来我真的很希望为改变中国人的素质和形象做一些自己能做的工作，尤其是妈妈们的素质。也许我们的力量很有限，可是我想，哪怕我们的教育只影响了一个人，那也是一种贡献。这也是我会在这条创业的路上坚持走下去的动力。

中国辣妈创业主人公

孔 丽

四川隆昌人　49岁

12

从 1997 年 30 岁第一次创业——在河边卖茶水，到 48 岁第三次创业，几次能够从失败中走出来，从对人生失望到重新充满希望，我靠的就是自己那颗不服输的心，现在再启程，我已经波澜不惊，满是从容。

我出生 8 个月就没有了父亲，15 岁时，我的母亲又因为意外而去世，当时我刚刚考上了师范学校，才上了半年的课，而且，母亲离开我们的时候又是过年的前一天，当时对于还是少女的我来说，真的是天都塌了下来。母亲走了以后，我再也没有能力继续上学了，只好退了学，回到母亲的单位，做了一名工人。当时的继父也把我从家里赶了出来，不到 16 岁我就住进了母亲单位的单身宿舍。

我这个人一直很勤劳，属于闲不住的人，当时虽然在单位上班，但从 1990 年开始，我就不断地在外边做一些事情，赚一点儿钱补贴家用。后来单位要集资建房需要四万元，可我只能拿出两万元来，那时候真的很穷，我下决心要改变现状，1997 年，我就在家旁边的小河边开了一个卖茶水的小店，虽然这个茶水店很小，但是生意特别好，每天客人络绎不绝，我也没有请服务员，前前后后都自己一个人来照顾。那时候做生意的人也不多，虽然当时的茶水都是在 1 元钱、2 元钱地卖，我的小店还是赚了不少钱。当时我 30 岁，这应该算是我的第一次创业吧。

开茶水店赚了一些钱以后，我就在找项目，准备做一些投资，想要干一番大的事业。2004 年，我跟朋友合作了一个环保项目，我投入了大概 200 万，当时可以说是我的全部家当吧，因为我当时很看好这个项目，也特别信任这位合作伙伴，所以，就绑在一起干，想要往大里做，这实际上也是我的第二次创业。本来项目经过考察都没问题，要是好好运作也许可以做起来，可是，我的那个合作伙伴却出了问题，公司的经营举步维艰，只得在2008年项目运行四年后宣布破产，我投入的200万元不但血本无归，而且还背上了20万元的外债。

当时的我已经41岁了，这次创业的失败让我很难承受，投入的那200万元是我一杯茶水一杯茶水卖出来的，这个年纪让我又一贫如洗，我真的有些崩溃了。更何况那时的我又发现得了甲状腺癌，我的女儿还很小，这样的日子怎么往下过？我想不通，精神上有了抑郁的情绪，天天就想要去自杀，天天自己以泪洗面，不想面对任何人，就想一死了之。就在这时，我老公天天守着我，还让他的侄女来陪我聊天，开导我，老公一直劝我说："钱没了可以再赚，只要人健健康康的，一家人在一起开开心心地日子，再苦我们也能过下去。你一定要走出来，先把身体养好，我们这个家不能没有你呀。"我老公对我特别好，我发现癌症躺在医院里治疗，他天天守在我身边哪儿也不去，大概经历了整整一个月的时间我才走出来，我的身体也因为治疗得很及时，老公照顾得又很好，渐渐恢复。

后来我选择去了成都的茶楼打工，那时我已经42岁了，很多人都觉得，我这个岁数了还要出去打工，不太好，更何况我原来一直是自己创业做老板，可我却觉得没什么，我给别人打工一个是可以赚钱养活我的女儿，因为她读中学了，花费越来越大，再一个也是为了学习一些技能。2009年，一个朋友邀请我去北京开酒楼，我和老公都去了。我在北京做了三年，在酒店里担任经理，虽然每个月钱并不多，但我却学到了很多东西，酒店的管理、服务员的管理、待人接物，这三年我开阔了眼界，也见了世面，真的觉得很值。

2012年，因为我老公坚持要回成都，我又不想和他分开，于是便辞职又回到成都。这时我又到一家茶楼去做经理人，再次回到茶楼这个行业，我开始系统地学习很多东西，我参加了成都市茶楼协会的各种培训，考到了高级茶艺师的资格证书，也学习了如何把茶楼进行多元化地经营。在成都的茶楼行业干了几年，我的名气越来越大，很多茶楼都高薪来聘请我做职业经理人。我也曾经亲手帮助一位老板开了一家茶楼，并且生意做得很不错。尽管这个时候我的薪水一直在涨，2013年、2014年连续两年被评为成都市茶楼行业优秀经理，我却觉得自己很不甘心，前面两次创业失败的经历让我一直无法释怀，由于从小就没有了父母，我一直在社会上靠自己的打拼生存，因此，我总觉得自己骨子里是一个很有野性的女人，我很想自己做事情，再一次创业试试看。

2015年，我谢绝了茶楼老板的高薪聘请，真的出来开了一家自己的茶室，我给它起名为"香雅茶室"。我把自己的这份小小的事业定位为茶艺术文化事业，我希望做一切跟茶艺术相关的事情，因为茶的文化是中华文化里的瑰宝，而跟它相关的所有艺术都是非常优雅而美丽的。比如我会在我的香雅茶室里做茶艺师的培训，这个一方面是我跟相关部门合作的一个职业技能的培训，有些年轻人喜欢这个行业，在我这里做了培训就可以拿到职业资格证书，帮助他们就业。另一部分培训就是女性，大多是妈妈们,因为学习茶艺是很有品位、很优雅的事情,有的妈妈喜欢让自己的生活多一些色彩,追求高品质的生活方式,那么她也可以跟着我来学习茶艺技能,从形体的训练,到茶文化的学习,再到茶知识的了解,这些和茶有关的培训都会让妈妈们特别有收获,很多妈妈都是通过学习茶艺才发现原来一杯茶可以给人们带来这么多美的熏陶、美的享受的。茶可以让人变得很美,茶的礼仪、茶的知识可以让人变得更丰富。对有的妈妈来说,学会了茶艺,如果她想要自己创业,也可以像我一样开一个小店,不为赚多少钱,只为了自己喜欢。

虽然成都的茶楼市场一直很繁荣,而出门约朋友坐茶楼也是成都人的一种生活方式,但我在多年的茶楼管理中就发现,成都的茶楼文化非常单一,无非就是一杯茶,打打麻将,玩玩棋牌,里面的文化内涵几乎没有,这样就不容易吸引客人,而且,不管你的茶楼再好,客户的忠诚度是很低的,因为你没有可以吸引他的地方。自从我加入了四川省茶艺研究会以后,发现中国的茶文化真的是博大精深,而且非常具有传统文化的色彩,我们要传承和发扬传统文化,以茶为载体、以茶楼为平台是非常好的一个创新,如果我们在茶楼的经营中再加上一些别的文化元素,比如说策划一些活动,搞一些字画收藏之类的文化产业,这样做不仅让茶楼的经营风格有自己的特色,还会提升客户的素养和品质,增加客户对茶楼的黏性。

现在我开的香雅茶室就是这样的一个以茶为主题、全方位经营和茶相关的文化事业平台，而且，不但是茶文化的推广，我还和朋友一起投资开发了一个新的茶叶品牌"大甘红"红茶，因为自古以来大家只知道四川的蒙顶山盛产绿茶，却不了解其实蒙顶山的红茶也是非常好的，因此，我们开发了一个红茶品牌，并已经推向市场，反响还是很不错的。

除了茶艺培训，我还在我的香雅茶室里引入了钢琴培训、舞蹈培训、字画培训，因为我女儿就是学艺术的，她的舞蹈和钢琴都是很专业的。她大学里学的就是舞蹈，我在茶室里专门装修了一个舞蹈房，就是为了让女儿可以在这里搞培训。我的女儿一直非常优秀，而作为妈妈我总是有一些愧疚，觉得这些年为她做得太少，我和老公在北京打工的那三年正是她读高中的时候，我除了每个月给她寄几百块钱的生活费，别的根本就照顾不了她，可是她自己一直很独立，表现得很让妈妈省心，现在我再次创业，也是想和女儿一起来创业，我想给她创造一些条件，让她也开始自己的创业之旅。

我这些年除了一直在学习茶艺，钻研茶的文化，也在跟着老师学习写意工笔画。因为我从小就喜欢，我 13 岁的时候书法就在县里面获了奖，要不是我妈妈突然去世，我没有条件再继续学下去，可能我现在已经在书画方面成才了。所以，现在有机会了，我又在继续学习，在我的茶室里，我也教别的学员画画，可以说香雅茶室就是一个琴棋书画诗酒茶都可以分享的地方，这就是我想要的经营风格，我希望这是一个很有品位的地方，不单单可以让大家学到东西，更重要的是大家来到这里可以享受到在别的地方感受不到的氛围,那是一种非常有艺术气质、优雅、美好的气氛。

很多人都问过我这样的问题,他们说你放着在茶楼的高薪不拿,偏偏要开个自己的小店是为了什么?我说至少应该有三个理由让我来做这件事:一个是为我的老公,这么多年来他对我很好,我不知道该用什么样的方式来回报他,我老公一生就爱交朋友,他也有很多好朋友,我开一个茶室让我的老公跟他的朋友们经常有机会在一起聚一下,开开心心地摆龙门阵不是也很好吗?再一个理由是我老公的一个朋友也很喜欢茶,我开了茶室他也很高兴,经常过来。还有一个理由就是为了我的老师,他是一位很知名的画家,也是我16岁时开始学画的启蒙老师,现在他在四川的书画界非常成功,我让他把工作室就设在我的香雅茶室,我也在收藏他的书画作品,准备在他80岁时给他办一个画展,可以说我做的这份事业都跟他们有直接的关系,因为,他们都是我所喜欢和爱的人。

实际上,最重要的还是我内心里对创业的渴望,对自己奋斗的向往,别看我48岁了,可我从来没觉得应该放弃,应该退缩,我觉得女人想要独立什么时间都不晚,只要你有这个信心和追求。

2015年,我参加了世界赛事——环球夫人大赛成都赛区的比赛。我并不是冲着获得什么名次去的,我觉得对于我这个年龄的女人来说,名次真的不重要，重要的是你可以获得学习成长。长达7天的高强度训练很多比我年轻的选手都受不了了，可是我一直坚持着，在这期间我获得了更专业的培训，得到了更大的提升。我认为对我个人的成长来说，这是很值得尝试的一件事。

现在我的香雅茶室已经越来越有名气了，很多人慕名而来，这其中也有很多年轻的妈妈。我的茶艺的第一课便是形体，教会大家怎么走，怎么站，以及喝茶的礼仪，大家来到这儿不仅仅学到了茶艺，更重要的是还让自己变美了，变得更有修养和素质了。我希望我们的茶艺文化变成中国女性的一种生活方式，这会使她们更加优雅和知性，更加有女人味儿，更加具有东方神韵。

现在我还和一些学校合作，到学校里给小学生进行茶艺课的启蒙，让我们的孩子从小接触茶文化，从小受到良好的茶文化的熏陶，对孩子们未来的成长也是不小的贡献。

前不久，我还和女儿一起编排了一个舞蹈《茶之韵》，这是由我们母女二人共同来完成的一个舞蹈，既传达了我们对茶文化的热爱与追求，也表现了我对母女之间那种亲情的交汇，母女连心的心心相印的情感的传递，我希望把自己那种对家庭、对亲情的感恩与热爱通过这个感人的舞蹈让所有的人感知。茶既是我们最爱的一种生活，也是我们需要传承的一种文化，这个舞蹈在很多地方演出的时候都得到了大家经久不息的掌声，很多人都被我们母女之间那种亲情感动，也被茶文化的优雅和魅力感染，所以，我现在把"茶"当作了我的一份事业在做，而这份事业是有文化有层次的。

第三次创业，虽然起点没那么高，但我已经非常从容，这既是生活对我的磨砺，也是我对生活的一份感恩。这么多年来，无论我怎么折腾，怎么起起伏伏，始终有一个人对我不离不弃，那就是我的老公，我觉得自己人生最大的幸运就是跟他在一起，所以，我现在感觉真正的幸福真的不需要好多钱，只要家人在一起美满和谐，幸福快乐，这其实才是人生最大的满足。所以，这样的心态给了我很好的状态，我可以慢慢地去做，去发展我的事业，并且，让我的老公和女儿跟我共享创业的乐趣，这其实是我最享受的地方。

我一直觉得我的故事可以给很多女性启发，因为我身边也有不少这样的女性，经受一些挫折和失败就心灰意懒，再也不想尝试奋斗，甚至有的女性一心只想依靠别人，依靠不了就抱怨自己的运气太差。我觉得女性的独立首先来自自己的勤奋和学习，别怕和别人拉开距离，只要你懂得不断地去学习新的东西，你就会慢慢赶上来。遇上挫折不可怕，可怕的是放弃，我就经常跟我的学生们说，少玩一会儿麻将，多看一会儿书，少去逛逛街，多去学点儿有用的东西，你会发现你真的与众不同。女人不能总是依靠别人，那样的生活会很累，让自己成为一个有用的人，做一份自己喜欢的事业，也许不用太大，只要是自己的一个很好的寄托就可以，这样的女性更容易让人尊敬，这样的妈妈也更是孩子成长中的榜样。

我自己就是良好学习习惯的受益者，因为每当我在发展中遇到了瓶颈，我就会尽快地去找机会学习，学习往往会化解我的困惑，让我在迷茫中豁然开朗。因此，我一直觉得，只有学习才会让我们不断地开阔眼界，只有学习才会让我们不断地有创新。再过一年我就整整 50 岁了，这个年纪了还做辣妈，还忙创业，可以吗？答案是肯定的，没问题，我就是想要看一下，我还有多少机会可以再来一次，生命不息，创业不止，我就是这么自信满满的辣妈。

中国辣妈创业主人公

赵文琦

天津人 34岁

13

我希望用自己的经历来激励更多的全职妈妈、家庭主妇，给自己的生活来一个大改变：你完全可以独立，完全可以强大起来，你本来就很优秀，只是做了妈妈后你把太多的期待给了自己的孩子，却放弃了自己的追求，这是一种人生的损失。

我出生在东北,上面还有两个哥哥,在我十岁以前,因为是爸爸最疼爱的女儿,我觉得自己还是很娇气的。可是,在我上小学三年级的时候,妈妈出了一场车祸,头部受伤,开颅手术后,妈妈成了半植物人,生活完全不能自理,全靠爸爸和哥哥们的照顾。

后来我们全家迁回了妈妈的老家天津,那时候医院都让我们放弃妈妈,说是根本没希望了,准备后事吧,可爸爸和哥哥都说,不,只要有一线希望我们就绝不会放弃。就这样,后来爸爸就带着妈妈去了山东治疗,我和二哥留在天津,那时候我们两个都还很小,但是就得学会照顾自己,自己做饭,洗衣服,自己照顾家。也许真的是我们的坚持感动了上帝,后来妈妈醒了,虽说不能像正常人那样行动自如,但是,她什么都知道,什么都明白,生活也可以自理了。

妈妈的车祸虽说让我一下子就失去了童年,可是也让我看到了爸爸和妈妈之间非常动人的感情,他们无论怎样艰难都不肯分开,爸爸对昏迷中的妈妈不离不弃,几乎倾家荡产也要给妈妈治病,最后妈妈终于给救了回来,我们一家人又团圆了。

我大学毕业后也找了好几份工作,但都干得时间不长,后来我去了一家天津的宝马车4S店应聘,记得当时他们人事部门负责人出来看了我一眼后就说:"可以来试试。"就这样我入职了,而这位人事部门的负责人后来则成了我老公。

说起跟他的这段缘分也是很有意思，入职后我负责一些助理的工作，跟他是直接的上下级，每天在一起开会我就感觉他有那个意思。后来我觉得做助理的工作太没有挑战性，就要求去了售后，因为这个部门的问题比较多，麻烦也很多，我能够感觉得到他经常在暗中帮我，甚至保护我，我也挺感动，后来就正式和他公开了关系。可是在这家企业里，员工之间是不能有这样的关系的，我们只好走一个，我选择了离开。在宝马4S店干了大概三年的时间，我辞职去了一家国企，做了总经理助理，工作比较简单，收入也不高。

其实我们俩在一起也是有很多挫折的，先是他的父母不同意，认为我们不门当户对，后来我的父母也不太同意，觉得他们家在内蒙有点儿远。我父母最后的态度是只要我喜欢，他们都可以接受；他的父母在我老公的坚持下后来也让了步，就这样我们总算是有惊无险地修成了正果，2009年的五一节我们结了婚。

后来有了宝宝，我们的生活出现了问题，我妈妈身体不好，不能给我看孩子，他的爸妈认为孩子是你们的就应该自己带，他们也不可能给我们带。这时候我老公的收入还不错，他就对我说："算了，你还是辞职回归家庭吧，你在家带宝宝，我来赚钱养家，这样不是也挺好吗？"

虽然当时我也并不情愿回家做全职妈妈，但是孩子没人带，我又不舍得请保姆，主要也是不想错过宝宝成长的每一个瞬间，我回家做了一个全职妈妈。可是我这人天生追求完美，我想自己就是在家带宝宝也不能让生活没有色彩，我又很喜欢动手，因此，每天给宝宝做的饭都不一样。每天都给自己的生活带来一点儿变化，成了我在家里的主要生活，我喜欢研究美食，喜欢写一些小文字，配上美食的图片发到网上去和大家分享。

后来有了微信朋友圈，我就经常把美食美图美文发到微信里，就这样我身边也积累了不少粉丝，她们大多数是妈妈，有的也是全职妈妈。她们对我的生活态度很欣赏，有的妈妈还追着我学做美食，有的妈妈跟我在一起分享育儿经验，有的妈妈直接说就是喜欢看我发的那些美食美图，喜欢围观我的生活，觉得我是一个很聪慧，又很正能量的妈妈。

实际上我一开始做妈妈和大家一样，也很紧张，总怕自己照顾不好宝宝，在孩子刚出生到一岁的时候，我跟老公的关系也很紧张，因为，我一直自己在带孩子，没有请保姆来帮忙，所以，就特别辛苦，几乎是24小时连轴转，而那时我老公的父亲角色却迟迟进入不了，我天天在家带孩子，他却经常在外面应酬，和朋友去唱歌，玩玩麻将什么的，很少考虑我的感受，这让我也很委屈。而且，他一直在外地工作，我们总是两地分居，我什么事儿也指不上他，大家看我都像是一个弱女子，可没人知道我实际上是一个典型的女汉子，也因为老公总是没办法照顾到我和孩子，我必须学会自己照顾好自己。

后来孩子大一点儿了,可以跟爸爸互动了,我觉得我老公的父亲的感觉才找到了一点儿,有时候也会陪着孩子玩一会儿,帮帮我。孩子3岁上幼儿园了,我才感觉真的有点儿苦尽甘来。不过这么多年陪着孩子一起长大,我的收获也很大,我儿子是一个性格非常好的孩子,他很懂事,也很有礼貌,很活泼,非常可爱,最主要的是还很帅。

孩子上幼儿园以后,我有了一些自己的时间,这时我就想做点儿自己的事,因为我本来就不是那种愿意在家不劳而获的人,我觉得自己也是可以做点儿事的,干吗总是想让老公养着。后来我参加了一个叫作"百变辣妈"亲子秀的拍摄活动,拍摄的亲子照片还一不留神获得了天津十大辣妈的荣誉,这在很大程度上鼓励了我,让我建立了很多的自信,这也是我做了妈妈以来感到最骄傲的时刻。

通过参加这个活动,我也认识了很多辣妈,我发现她们也都在做自己的事情,有的在自创品牌,有的在做淘宝,而还有很多妈妈一边在家照顾宝宝,一边做微商,有的妈妈做得还挺大,不仅仅赚到了钱,也让自己有了一份比较得心应手的事业。

经过一段时间的了解,我感觉像微商这样的事业我也可以做,因为还有宝宝需要照顾,我想做的事情的前提必须是不影响我的家庭,不影响我陪伴宝宝一起成长的时间。在我的心里,还是家庭第一位,孩子第一位,我不想因为我的选择影响到我最看重的家庭。

而且，在我的朋友圈里本来就有大量的粉丝，这对我做微商发展代理特别有利。在看好了一个产品以后，我对老公宣布我要自己创业，自己做微商。没想到老公强烈反对，他说："我坚决不同意你去做这个，像现在这样你就在家里带带孩子，照顾一下家庭不好吗？难道我赚的钱还不够花吗？"

我想过老公会不同意，但我绝对没想到他反应这么强烈，我知道他也是担心我太辛苦，怕我的压力太大。不过我这个人也是很坚持的，想好了的事情就一定要去做。这些年虽说老公也不断升职加薪，钱赚得也不少，可是我总感觉经济上光依靠老公，一个是他压力太大，再一个我也很没有价值感，总是伸手跟老公要钱花让我很没底气。我在大学时就曾经自己创业，况且，我爸一直是做生意的，受他的影响，我觉得自己做点儿小生意应该没问题，只要我不影响孩子和家庭不就行了吗？

因为老公的银行卡一直在我这里，所以，有一天趁他出差不在家，我就去刷卡做了我看好的那个产品的代理，我想，生米煮成熟饭估计他也没什么办法了。就这样，我做了微商，开始了自己的创业之路。

刚开始，想让大家接受我们这个产品也不是一件容易的事情，我就曾经和代理到大街上去请大家品尝我们的产品，而且，一来货几十箱，全是靠我自己扛上去的。每天要卖货，要和客户互动，给代理讲课，要写单子，做了我才知道这微商真的不是看上去那么简单的，尤其是你想做一个好微商、一个业绩和口碑都出众的微商，不仅要出力气还要动脑子，有智慧。因为微商实际上经营的是个人品牌，同样的产品，客户选择你不选择他，是有他个人对你的喜好和认知的。

因为我的外形不错，在做微商之前就是朋友圈里很受欢迎的辣妈，因此，我也特意打造自己的形象。我把自己的微商身份定位在自明星的水平上，因为平时我也在拍一些平面广告，比如我曾经为天津的《雅致》杂志拍过封面，为北京的《父母世界》杂志拍过封面，也上过上海东方台的"妈妈咪呀"节目的拍摄，因此，我一直把自己的形象往明星范儿上塑造。我觉得我们草根辣妈照样可以做明星，只要我们自己有这个自信，有这个智慧，所以，我从来不在朋友圈发大量的产品信息，我只是经常发一些我的美照，我所做的美食，还有我写的一些软文，这些都是我的强项。我一直强调做微商不是不可以刷屏，而是要学会艺术地刷屏，有时候我也会晒一些和儿子的照片，因为我的朋友圈里大多数都是妈妈，妈妈们都很爱分享，有的妈妈围观我的朋友圈时间长了就会对我很有兴趣，她们会主动问我是做什么的，怎么保养的，有没有什么好的产品跟她们分享，这样我再介绍我的产品给大家认识。这样的过程很自然，也让大家很舒服，谁也没有在推销什么产品的感觉，大家很愉快地就把生意做了，花钱也花得开心，其实也是蛮好玩的一件事。

而且，只要大家对我们的产品有兴趣，产生了好感，我发展代理也很好发展。现在的妈妈大多数还是很想自立的，哪怕是老公赚钱再多她们也想自己有赚钱的机会。在家做微商不用朝九晚五上班，孩子、家庭都可以照顾得到，什么也不耽误就可以赚到钱，所以，很多妈妈都很感兴趣。我一直也是奉行自我独立的做人信条，我也希望自己去影响更多的妈妈学会自立自强，不要什么都依靠别人，就这样，一年多的时间，我的微商团队就发展到了40多人。

自从做微商，真正地投身创业以来，我也在发掘我自己身上的优势，因为微商团队都需要分享，需要经常在微信社群里上课介绍产品，推广营销经验，和大家互动交流。我开始在各个群里分享我对微商经营的看法，没想到反响出奇的好，大家普遍觉得我的口才很好，表达能力也很强，因为我的老公是讲师，他的口才曾经让我很羡慕，现在大家都认为我也是个可以做讲师的材料，这让我也很开心，我自己也觉得真的很有这方面的兴趣，下一步很想往电商讲师方面去发展自己。

很多妈妈都希望知道如何才能够做一个好的微商，我以自己的经验总结了这么几条：首先是要建立你自己的形象，让大家了解你是一个什么风格的人，然后是跟对方建立一种信任度，引发对方的兴趣，因为对方对你有兴趣就会关注你。那么怎样引发对方的兴趣呢？就是你在朋友圈发的照片、你说的每一句话，都要有自己的个性，像我就是那种很追求情调、很小资、很唯美的表达，这往往让很多妈妈喜欢，从而对我产生好感。再一个就是当对方对你有兴趣的时候，要积极地跟对方互动，通过互动引发双方共同感兴趣的话题。

最后就是要跟对方建立两个方面的信任，一个是情感的信任，了解对方的需求，知道对方在想些什么，然后投其所好，比如妈妈关心的都是孩子呀，家庭呀，和老公的关系呀，经常在这方面和她们进行沟通，就会产生情感的共鸣，进而建立感性的信任，让客户从心理上对你产生依赖。另一个就是专业度的信任，你要充分了解自己的产品，一定要做到很专业，给你的客户非常专业的指导，这样她遇上问题时会愿意找你帮助解决。如果这两种信任你都可以很好地建立起来，你的产品也是好产品，那么你这个微商就成功了。

这是我做微商以来最深刻的心得体会，也算是一些经验吧，我做这些一点儿也不觉得自己是在做生意，我只是在和大家分享美好的东西，让妈妈们通过分享找到自己的快乐。平时我也会和我的客户们分享我的点点滴滴，我会自己给儿子理头发，我会钻研美食，我的翡翠饺子、紫薯开花馒头，都是拿手的，不仅在朋友圈里广受欢迎，还在美食网站上了头条。朋友圈里的妈妈看我如此热爱生活，也都特羡慕我，我就跟她们互动，我告诉她们只要不懒惰，爱创造，我们全职妈妈也照样可以把自己的生活经营得很精彩，而且，我们还可以自己创业，做一番自己想要的事业。

我自从做了微商，经济上有了很大的变化，做微商之前，因为需要一辆车，老公付首付给我买了一辆我喜欢了很久的甲壳虫轿车。当时我跟老公说他付首付，我自己来付月供，老公很怀疑地看着我说："你行吗？

就做那个微商可以供得起车？"说实在的，我当时也没底气，只是有那么一股心气儿，我就不信自己不行，说起来我也是受过高等教育的，不能因自己成了妈妈就真的变得干什么都不行了。

现在我做微商不到一年，我的甲壳虫已经付完全款，月供全是我自己付的，没再用老公一分钱。今年我们又买了一个200多平米的大房子，准备改善一下自己的居住环境，虽然供房的压力也很大，但是我充满了信心。这个家的改变一定也有我的一些贡献，我希望的夫妻关系也是这样的，大家在一起相互扶持，彼此支撑，共同建设自己的小家庭，过去的那种什么男主外女主内、男人赚钱女人花的文化也得改改了，我从来不认为男人就应该养家糊口，我们女人有手有脚，也受过很好的教育，为什么不想办法自己去赚钱帮助老公分担？惰性十足、光想不劳而获的女人，往往不会有太好的结局。

我现在的理想就是要做一个有野心的家庭主妇，做一个勤奋上进的妈妈，我希望给我儿子最好的生活。我的儿子现在才4岁，我和老公商量，每年带他去一个国家旅行，我们到现在为止已经去四五个国家了，孩子长了很多见识，眼界也非常开阔，我做全职妈妈的最大收获就是陪着孩子一起长大，经历孩子成长的每一个难忘的瞬间。记得他第一次开口叫我妈妈的时候，我感动得眼泪直流，跟所有的朋友打电话，告诉他们，我儿子会叫妈妈了，我儿子会叫妈妈了。

将来我还会陪伴我的儿子，但是我会做更多我想要做的事情，把我的这份微商事业越做越大，让更多的妈妈加入进来，开启她们的创业梦想。做到今天，我已经越来越觉得这不是我一个人的事了，我希望用自己的经历来激励更多的全职妈妈、家庭主妇，给自己的生活来一个大改变，你完全可以独立，完全可以强大起来，你本来就很优秀，只是做了妈妈你把太多的期待给了自己的孩子，却放弃了自己的追求，这是一种人生的损失。岁月可以让我们老去，但自信与优雅却永远不会老，真正的辣妈一定是人格与经济都很独立的，越奋斗，你就越青春；越奋斗，你就越美丽；越奋斗，你就越受人瞩目！

中国辣妈创业主人公

代 方 婷

湖北武汉人　30岁

14

我觉得我实在算不上创业妈妈，只是做了一点儿自己喜欢的事情，碰巧还做了起来。未来才是我真正的创业计划，我准备把自己的少儿培训事业做得再大一点儿，做出自己的品牌和特色，让我们"萌爱系"的学生遍天下。我想，只有到那时我才可以说，我是正在创业的辣妈。我很期待那一天。

我是来自湖北农村的一个普通女孩，16岁到深圳打工，先从电子厂的流水线干起，后来又到了另一家企业做办公室文员。在深圳打工四年我虽然没赚到什么钱，但是也长了不少见识。2006年，我20岁了，觉得不能总是这样离家人太远，就选择回到了武汉，到了另一家企业做文员。就在这里我遇到了我的老公，他是重庆人，经常到武汉来出差，因为他比我大了整整十岁，所以，那时在他眼里我还是一个什么都不懂的小姑娘，他经常跟我开玩笑，我对他还是很有好感。

后来，我们就正式交往了，2007年我辞职去了重庆，跟他结婚了，而且很快就有了女儿。老公的工作不错，收入也挺高的，我来到重庆后就一直在家带孩子，做全职妈妈。也许是因为年轻吧，当时我也是在家里闲不住，觉得自己这么年轻，什么也不做挺不好的，虽说老公可以养家，但我总觉得不应该这么消极。

那时正好流行开网店，我也在淘宝注册了网店，准备进一些小孩的衣服在网上卖卖。当时我到重庆的朝天门批发市场进了一些货，可是放到网上根本无人问津，后来我发现是自己的眼光有问题。这时候老公见我特别想要做事，就帮我联系了个非常好的童装品牌，想让我做他的网上代理。没想到这个老板说什么也不同意，我只好一次次去找他谈，最后他总算同意了，我就做了这个品牌童装的网上代理。这应该算我正式创业吧，开了这家网店后，我很努力，业绩也非常好，第一年就大概赚了七八万元，后来一年可以赚到十万左右，而且还很稳定。可是做了几年，这家童装品牌厂家不行了，最后我们只好撤了出来。

初次创业给我了很大的鼓励，2010年，我在为女儿寻找合适的培训机构时，发现在我住的小区周边根本就没有像样的少儿培训机构，而小区的孩子在不断增多，需求很大。我开始跟我的一个朋友合伙开办我的第一家社区少儿培训机构，主要做美术课的培训。可刚开始做我也没有经验，我的那个朋友平时上班也没精力管，招生管理全靠我一个人，一年多也就招了十几个学生，经营状况很不好，一年半以后就有点儿做不下去了。

正在这时，有一个教美术的老师来找我，想要跟我合作，他说他可以负责教课，我来负责招生和管理，我们一起合作把这个培训搞起来。当时我很年轻，也没什么经验，就按这种方式做了半年多，我发现我付出了很多时间和精力，却什么也没有得到，而且，这个老师课教得也很不好，我开始跟这个老师说不想跟他合作下去了。没想到他居然把我给软禁了起来，他逼我同意和他继续合作下去，我告诉他这不可能，他就冲上来打我，把我的腿上踢得到处都是青紫的伤痕，后来警察来了，把我们都带到派出所解决问题。

这件事算是给了我一个很大的教训，主要还是因为我太不自信，做事情总想找人合作，总想有个依靠，其实，如果合作伙伴找不好，不仅会耽误时间，还会把很好的机会给错过。经历了几次合作都没成功的事情后，我下了决心自己做，在前面的实践中我发现，我这个人还是很善于跟孩子和家长沟通的，尤其是家长很信任我，基本上我跟他们一介绍我的课程班，家长们都很感兴趣。我觉得做少儿培训还是我的强项，而且，我就搞社区店，方便小区里的孩子和家长。

因为我一开始做少儿培训就是美术课的培训，所以，我把美术的培训当作我们这家机构的主打课。为了找一个好的授课老师，我会亲自去听这位老师的课，然后去看他教的学生是怎么样的功底，反复考察合适了我才会请这位老师来，这样既保证了我们的教学品质，也是对孩子们负责。我一直觉得，家长把一张白纸似的孩子交给我们，我们就要负责让这个孩子画出最美最好的图画，误人子弟的事儿坚决不能干，更何况我的女儿也一直在学美术，我从她的成长就能看出这个老师行不行。

刚开始招生也挺不容易的，我一个电话一个电话地给家长打，请他们在周末带孩子来我们的机构上体验课，有时候我忙得一天连口水都喝不上，因为整个机构就我一个人在支撑，后来实在忙不过来，又请了一位老师。不过好在我们是社区店，大家都是一个小区的，我跟很多家长和孩子都认识，因此，沟通起来还不错。就这样，我的"萌爱少儿艺术培训机构"从一开始的十几个学生，到后来的50多个学生，因为教学品质的确不错，孩子们在这里都学到了东西。现在创业三年，我已经扩展到了三家社区店，面积200多平米，有200多个学生，我们的培训课程也从最初的只有美术，拓展到现在的民族舞、街舞、少儿语言、围棋、跆拳道等很多课程。随着我们的业绩越来越好，我个人的家庭生活也不断地改善，自从我创业以来，我们家买了第二套房子，买了车，生活上改变很大。

我的女儿也一直在我的培训机构里学习，现在她美术非常好，在小主持人班学得也很不错，经常在学校里做小主持人，她自己也很受鼓励。原来她有些不自信，通过这些技能的学习，现在她已经成为一个相当有自信的小姑娘。由于我的艺术培训机构大多都是周末和晚上上课，运行几年后模式成熟，我已经基本上不需要太操心，每天正常运转就可以，这样我就有了大量的闲暇时间。我有个特别不好的爱好，就是喜欢追剧，什么韩剧、美剧我都追，由于白天没事做，我通常是一直在家里追剧，脸也不洗头也不梳，一直到晚上才出门去接孩子，这样的状态让我很苦恼，也很想改变。

有一天，我在朋友圈里看到一个朋友晒出一张照片，是她拿到了职业财务规划师的证书。我一看那个姐姐都40多岁了，她还在不断地学习成长，我一下子知道自己应该怎么做了。我马上给那位姐姐打电话，我告诉她，我想去她所在的保险公司上班，我要有第二份职业，不为别的，只为能够学到更多的管理和与人沟通的能力。

就这样，通过学习和考试，2014年的11月份我又进入了保险公司工作，我希望这是我人生的一个新的起点，我相信自己在这里会获得更多的成长。因为我一直对培训特别感兴趣,未来的职业发展肯定也是在培训这个领域,而保险公司的培训是非常专业的,我刚来不久就在一次演讲比赛中获得一等奖,这大大地鼓励了我,上班三个月我已经晋升为主管。

我最喜欢的还是跟孩子打交道,我现在也在考察一些和孩子教育有关的项目,准备扩大自己的艺术教育机构的经营规模。这些年的创业,我最大的体会就是自己起点太低,读的书太少,所以,我今年打算去报一个高自考的专本班,我计划两年半把本科学历拿下来,这样我就可以去考更高的职业资格证书了。我很喜欢心理学,而且,我觉得做孩子的教育事业一定要懂一些心理学,将来我希望自己在这些方面有一些深造的机会。小时候听说学习改变命运,不太懂其中的内涵,现在自己创业了,自己打拼了,的确觉得文化知识其实很重要。

我创业的路子虽然比较顺,但这其中也经历了一些反反复复,也曾有过想要放弃的时刻,但都是在最后一刻坚持了下来。其实我刚开始创业时,我老公并不是很支持,一个是因为他原来的收入不错,好像我们的经济压力也没那么大;再一个是他大我很多,总觉得我不成熟,太单纯,尤其是我后来还出了一些与合作者的纠纷,他也很怕我被别人欺负或者伤害。在这些方面我都可以理解他,但我感觉我们之间最大的分歧就在于,我总是不想满足,总想改变,而他却觉得已经不错了,为什么不停下来享受一下生活?为什么还要那么辛苦地打拼?他总说我想要的太多，不希望我这么积极地去争取，这是让我很苦恼的地方。

好在经过这几年的努力，我的成绩也是有目共睹的，我也在成长，也在长大成熟，现在他对我的创业规划就接纳了很多，有时候还会帮我出出主意。我的女儿也在一天天地长大，妈妈在做什么她每天可以看得到，我不希望女儿觉得妈妈是一个很没出息或者懒惰的人，我如此积极努力地上进、勤奋，有时候也是想给女儿一些正能量的影响，我想让她看到妈妈的努力，妈妈每一天的生活都是如此充实，孩子也会受到鼓励，每天过好自己的日子的。

对我的学生来说，我刚开始做少儿艺术培训就是当一个事来做，但是现在我觉得这是一份责任，我不但要对得起家长，还要对得起孩子们，有可能在我这里是他们人生最初的启蒙，也有可能他们会从我这里走上世界的舞台，因为他们是孩子，所以，他们有无限可能，我之所以喜欢上了这份事业，就是因为觉得和孩子们在一起，永远有希望，有朝气，有活力。

我觉得我实在算不上是创业的妈妈，只是做了一点儿自己喜欢的事情，碰巧还做了起来，未来才是我真正的创业计划，我准备把自己的少儿培训的事业做得再大一点儿，做出自己的品牌和特色，让我们"萌爱系"的学生遍天下。我想，只有到那时我才可以说，我是正在创业的辣妈吧。我很期待那一天。

中国辣妈创业主人公

周丽娟

福建厦门人 35岁

15

现在我想要创业，完全是因为我有梦想，我希望自己可以去打拼出一个世界来，让所有的人都对我刮目相看。我有两个女儿，我真的很想让我的女儿为我骄傲，觉得妈妈也不是一个平凡的女性。为了这一天，我正在加倍努力。我相信，只要勤奋，梦想就会成真。我已经在起跑线上了。

我是土生土长的厦门人，出生在 1981 年，刚刚是 80 后。因为厦门是 1978 年国家改革开放的最前沿，因此，我的父辈也因为政策的利好，得了天势地利，成为第一批富起来的人。在我的记忆里，我的父亲做过各种行业，非常勤奋，而我们家的生活也一直比别人家的条件要好很多。我是家里唯一的女儿，几乎天天可以穿新衣服，想要什么也很容易就被满足，我的童年可以说是在非常好的环境中度过的。

我的学习成绩也一直非常好，属于那种让父母非常省心的孩子。2000 年大学毕业我就进了一家台资企业工作，做管理工作也很得心应手。那时候外资企业在厦门特别多，我也在这些企业里学到了很多东西。

本来我也是一个非常追求事业成功的女性，很渴望做一番事业，可正在这时偶遇了我的初中同学，他本来是我初中时坐在我后面的男生，虽说是在上学时偶有交集，但初中毕业后大家各奔东西，再也没见过面。那次在马路上邂逅，他对我非常热情，说他一直在对我寻寻觅觅，一直在各种打听我的下落，还说他初中时就对我很有好感，这样一来二去我们便成了恋人。2004 年，因为双方的家长都催促我们结婚，我们便喜结良缘。

我老公的家境跟我差不多，应该说我们两个都属于有点儿富二代的那种家庭环境吧，他家里也有家族企业，是专门生产石材墓碑出口到日本的，前两年生意比较好做，企业的效益也很好，我嫁到他们家以后可以说也是衣食无忧。但我毕竟受过高等教育，也不想在家坐享其成，而且，家里老人的意思是，将来要我们来继承家族企业的，后来我就到了老公家的家族企业做管理。

因为老公家的这个企业毕竟是由他父亲管理的，老人在很多观念上都比较传统，我来到企业后就制定了很多规章制度，包括财务上也做了一些改革，还追回了好多年的烂账，正做得比较步入正规的时候，我怀孕了，只好回家待产。可也就在这个时候，因为我们出口的石材属于国家的稀缺资源，在厦门开始越来越紧张，政府为了保护资源已经开始禁采，一方面是销售不旺，另一方面是原材料严重供应不足，我们的企业开始有些举步维艰，效益也一落千丈，经营起来越来越难。

2007年，在我的女儿一岁的时候，企业再也维系不下去，只好关门停业。这在当时对我们是一个不小的打击。我们小两口本来还盘算着继承家族企业呢，没想到干了这么多年的企业说没就没了，我们也感到挺郁闷的。我的公婆他们都很年轻，企业是他们一手创建起来的，经营不下去了对他们来说也是一个很伤心的事，关键是他们也没有事情做了，成天在家里长吁短叹的，精神情绪都非常不好。

我一直在想，我们年轻人还好说，有手有脚也受过很好的教育，怎样也可以养活自己，可老人这样长期没有事做，精神萎靡，会把身体毁掉的。再说家里的经济虽说不差，可是坐吃山空呵，就这样什么也不干，心里真的是不踏实。我开始动脑子，至少帮助两位老人先找点儿事情做。后来，我发现自己的家门口就有一个很好的商机，因为，在我家的对面就是一所学校，可是那么大的学校居然没有一家超市，我开始张罗在学校门口开了一家社区超市，经营一些学生用品和生活用品，让公婆来经营，没想到生意出奇地好，干了一段时间，每个月的净利润都能够达到两万多元，一年就是20多万元，而且，公婆在家里就干得了。这样一来有了稳定的收入，两位老人也有事可做了，也能体现自己的价值了，精神也好了，心里也踏实了，家里的气氛就渐渐地好起来，不再像当初企业刚倒闭时的愁云惨雾了。

那时候我也找了一家贸易公司打工，负责搞管理，这期间我和老公一直在想办法找机会自己创业。2010年，我们发现眼镜行业是一个很有潜力的行业，当时全国的眼镜主要集散地就是温州、深圳和厦门，而且，厦门的眼镜产品大多是中高档货品。我因为在外资企业干过，知道像这样的大型企业都需要把一些业务外包，我和老公也找了一些朋友了解这个行业，发现我们来做眼镜框的涂装喷漆这个工作应该比较适合，因为这是个劳动密集型的产业，既需要大量招工，又需要土地和厂房，而这些对我们这些土生土长的本地人来说，是最容易操作的事情，于是，我们说干就干，我从贸易公司辞了职，和老公开始创业。

很快我们的厂子就建了起来，由于眼镜框的涂装喷漆工艺要求非常高，刚开始我们技术不行，产品的质量不过关，于是我老公专门去大的眼镜公司学习技术，后来我们的质量水平就没问题了。我发挥我的善于与人交流的强项，主要是负责企业的业务开拓，给厂子拉订单。我很快就谈了几家大公司，同意把他们的订单放在我们工厂做，一下子我们的业务就开展了起来，生意越做越红火。

当时，我们这算是夫妻店吧，是我和老公一起在创业，我负责业务和财务，老公负责技术和采购，刚开始我们的合作还行，可是随着业务量的增加、工厂的发展，我们两个也渐渐地经常有不同的看法，有时候分歧还很大，吵得脸红脖子粗的。虽说是为工作，一会儿两个人也就不计较了，可我总是觉得心里不是很舒服，很担心这样时间久了会破坏夫妻感情，我开始想要自己出来找机会创业，也正在这个时候，我发现自己怀了第二个宝宝。

当时我已32岁了，老公觉得我这个年龄再怀孩子也很辛苦，就劝我要不就回家休息吧，厂子交给他一个人来打理，这样他也比较放心。我当时也想自己休息一下，就同意了。我是2013年10月生的第二个女儿，也许真的是有点儿高龄产妇的问题，我生完第二个宝宝后就性情大变，先是跟保姆过不去，前后请了四五个保姆我都用着不顺手，最后只好放弃请保姆，决定自己来带二女儿，结果，我这个二女儿几乎是在我手腕上长大的，每天吃饭、睡觉、玩耍全要我抱，搞得我每天累得筋疲力尽。

在家里带第二个宝宝的两年时间里，我几乎与世隔绝，每天脸也不洗，头发也不梳，穿着拖鞋，因为哺乳，身材完全走了样。我原来是那么要美要优雅的一个女子，在家做了两年的全职妈妈，人已经完全不能看了。用我老公的话说，我已经变得面目全非。我至今记得老公说这话时的眼神，他看着我就像不认识我一样惊讶。仅仅是外形的变化还好，关键是我的能力的退化，在家里待了两年，我已经一点儿也不了解外界了，过去与人沟通是我的强项，现在我已经一点儿兴趣也没有了，主要是人家在说什么我都听不懂，根本就无法交流。尤其是跟老公之间就更是没有了共同语言，有时候他问我一件什么事，我茫然不知，他会说："你这么连这个也不知道？"到了后来，连老公都受不了了，本来我们厦门的男人都有些大男子主义，不希望老婆太强势，他们都喜欢老婆做他们背后的女人。可是，有一次，我老公主动地对我说："丽娟呀，我看你还是出去做事情吧，你看是愿意跟我一起做，还是自己找事做？你这样下去真的不行，我已经快要认不出你了，在家里带了两年孩子，你怎么变成了这样？"

老公的话情真意切，却让我听出了危机感。我自己照照镜子，臃肿的身材、乱糟糟的头发、随便的家居服，我哪还像个女人，哪还有一点儿过去的风采？我觉得自己真的是太任性了，一直把做全职妈妈当借口，可是，做了妈妈也不应该放弃自己呀。也就是在那一刻，我决定改变自己。有一天，出门逛街，我遇上了一个免费拍亲子照的机会，开始我还没有自信，后来穿上礼服，站到镜头下，摄影师不断地夸我气质好、身材好，我好像受到了很大的鼓励，觉得自己还有救。

后来，没想到这个亲子照片还获了奖，颁奖礼是在上海举行。接到通知，我二话没说就定了机票，两年多来这是我第一次走出家门的旅行，我终于决定要给自己一个重返社会的机会。到了上海，我见到了很多妈妈，她们当中有的和我一样是两个宝宝的妈妈，有的是孩子已经很大了的妈妈，可她们都很漂亮、很美丽，也都很独立，各人都在做着自己喜欢的事情，几乎都是正在创业的妈妈，我在这种气氛中也很受鼓舞，下了决心要自己创业。

当时正是微商很红的时候，我认识的妈妈当中很多都在做微商，我也加入了这样的团队，准备试水微商。观察了一段时间，我觉得做微商最重要的还是产品，有一个好产品很重要。可是，现在微商毕竟还是新兴的产业模式，真正靠得住的产品还是不多。

从上海回来后，我和老公分享了我的感受，我的状态让老公也很开心。老公这些年一直在做眼镜框涂装喷涂的业务，做得很累，其实利润并不高。我的理想是想做一个眼镜的品牌，因为我们厦门的眼镜企业很多，在这方面有独特的天时地利，而且，我们已经涉足这个行业，未来只是更深入地发展，这样的起步也会更快，更稳。

老公对我的想法很赞成，他也觉得总是给别人做加工，这样很难在这个行业有自己的一条路，想要发展壮大，只有做自己的品牌，而且我跟老公说，这个眼镜品牌就我自己来做，他支持我就可以了，这算是我自己的创业项目，是我重返职场和商场的一个机会。那天，我跟老公谈了好久，自从生了二宝，我们俩可能就没再这么深入地交流过，过去的两年，我被尿布奶瓶包围了，已经完全找不到自己的初心，也完全放弃了自己曾经的心气儿和斗志。我原本也是个很要强的商场丽人呵，不管从外形还是内在都对自己要求很高，可没想到做了两年全职妈妈，这一切都已经成了往事，要不是和老公的距离越来越远，我可能还没意识到问题的严重性。

现在我想要创业，完全是因为我有梦想，我希望自己可以去打拼出一个世界来，让所有的人都对我刮目相看。我有两个女儿，我真的很想让我的女儿为我骄傲，觉得妈妈也不是一个平凡的女性。为了这一天，我正在加倍努力。我相信，只要勤奋，梦想就会成真。我已经在起跑线上了。

中国辣妈创业主人公

张柯雨

四川成都人 41岁

16

我一路走来发现,真正的创业没有捷径可走,只要方向没问题,就横下一条心,朝着自己的梦想走。真正的创业者期待的并不完全是目标的实现,他们更享受走在路上的那些时光,因为生命的所有冒险都在其中可以体验得到,岁月因为未知才更可爱,不是吗?

我 印象最深刻的时候大概是在我四岁那年,那时我妈妈刚刚生了妹妹,我父亲就突然遭遇车祸把腿给撞骨折了,当时医生对我父亲预言说,他的后半生可能要在轮椅上度过了。父亲是一个性格很倔强的人,伤好了以后他拼命地做康复训练,每天都坚持大强度地锻炼,结果,后来他真的重新站了起来。当时妈妈没办法照顾父亲,在医院里照顾父亲的责任就落在了只有四岁的我身上。

实际上,刚刚四岁的我还是一个需要别人照顾的孩子,但是没办法,我是家里的大女儿,爸爸出了这样的事,只有我来帮助他。可能也就是在那个时候,我在爸爸身上看到了什么叫作坚韧不拔,什么是坚强。这段经历让后来的我也变得无比倔强和勇敢,从小就懂得承担责任。12岁时,我就怀揣不到200元钱开始创业,承担起了负担妈妈和妹妹的生活的责任。我的老家是四川的大邑县,距离成都70公里,那时候我天不亮就要起来,骑着单车赶到成都市,收购一些廉价的皮鞋,然后再连夜赶回老家,第二天凌晨就要起床,赶到集市上把皮鞋卖掉,每天往返140公里,这样赚一点儿微薄的收入,来支付我的学费和妈妈、妹妹的生活费。那时候只要能赚钱的小生意我都会去做,就为了自己经济上的独立。

20岁的时候,我听说深圳是特区,比较有机会,就去了深圳打工。在那里我遇上了一位老师,他见我特别喜欢学习,就介绍我到一家中专学校去旁听,让我学到了不少东西。在深圳我遇上了自己的初恋,可是妈妈不想让我嫁得太远，这段恋情最终无疾而终。

22岁我回到了成都，因为我始终很难忘记深圳的初恋男友，情绪比较低落。就在这时，一个成都男人出现在我的生活里，他人不错，尤其他的父母对我特别好，我当时特别感恩，25岁时就决定嫁给他。没想到，结婚不久就怀孕了，不知道为什么，我当时怀了宝宝以后，身体情况非常糟糕，血色素降到了标准值以下，到医院，大夫都怀疑我是再生障碍性贫血，最后在怀孕六个月的时候不得不做了骨髓检查，最后确诊为缺铁性贫血，整个孕期我不能运动，不能散步，吃什么吐什么，几乎是活不下来的感觉。还好，我咬牙坚持到了最后，终于生了一个很健康的宝宝。

生了儿子以后，我觉得责任感更重了，因此，孩子六个月我就上班了。可过了一段时间，我发现一个严重的问题，那就是孩子的父亲和家里的老人对孩子过于宠溺，以至于孩子越来越难带。我的想法是希望孩子得从小像一个男子汉一样去培养，培养他坚强、勇敢、独立的个性和生活习惯，可他父亲的看法是孩子就是需要宠爱，而且，他跟我的分歧特别大，我们沟通了很多次，基本上都没有达成共识的可能。对这样的状况我很绝望，又很担心这样下去孩子会出问题，无奈之余，我向孩子的爸爸提出了离婚，可他坚决不同意，我在和他数次沟通无望的情况下，选择了抱着孩子离家出走，那时我的儿子刚满两岁。

当时离开那个家的时候我身上只有不到200元钱，我借了妹妹3000元，租了一个没有洗手间没有厨房的很破的小房子，和儿子相依为命地住了下来。自己带着儿子，生活压力更大了，我当时没有别的想法，只想赶快赚钱让自己和孩子的生活有保障。为了尽快给孩子一个稳定的生活环境，我当时白天在房地产公司做营销，晚上下了班赶到学校去做讲师，站五六个小时去讲课，就这样拼了半年多以后，我赚了人生第一桶金，大概十几万吧，然后，我和一个朋友合作，搞了一个服装批发店。搞服装批发需要每天凌晨三点起床，四点开始，那一段时间，我天天连轴转，就是为了能给孩子一个属于自己的家、一份比较稳定的生活。

可是，在我如此拼的同时，我一直很担心的事情终于发生了，由于我每天忙得没有时间陪孩子，孩子一直是我母亲，孩子的外婆在带，这个时候孩子养成了一身的坏毛病，比如说任性、暴躁、不讲道理、没有礼貌、不讲卫生、不爱学习，尽管这个时候，几年的打拼我在物质方面终有所获，买了属于自己的房和车，经济上的压力减轻了很多，也算是给了儿子一个比较稳定的生活，可是孩子成长中的问题还是让我很难过。孩子变成了这样，我觉得这都是我的责任。

就在我意识到孩子问题的严重性时，我的身体也出现了危机，儿子六岁时，我在工作时直接晕了过去，被送到医院抢救，发现血色素又一次到了最低值一下，严重的亚健康，当时医生又一次警告我，让我注意休养，否则后悔都来不及。就在这时，我决定放慢脚步，我把服装批发店关掉了，这样就可以多一些时间来陪陪孩子。那段时间我一直在陪伴孩子，教他如何做人，教他如何学习，也就在这时，我遇到了生命中的第二个男人，他本来是我在房地产公司时的客户，当年我们有业务往来的时候我还有婚姻，可过了几年，当我们偶然重逢的时候他才发现，我已然成了一个单亲妈妈。

他是一个很憨厚、顾家的男人，非常有担当，对我儿子很好，是非常包容的那种好。我当时也真的觉得自己一个人带着儿子有些力不从心，很想给孩子找一个父亲，就这样我们走到了一起。他原本也有两个儿子，这样我们加起来就有三个小孩了。我也很开心，我当时跟他在一起时，他也是一无所有，于是，我们在一起又一次白手起家，共同创业。我们两个一起成立了一个工程公司，他主外，主要抓工程；我主内，主要抓管理，就这样，我们开起了夫妻店。

他是属于那种特别踏实肯干能吃苦的人，我是一个很能拼的女人，我们在一起的头三年，公司的业务蒸蒸日上，效益和发展都很好，可到了第四年，我感觉我必须退出来，找职业经理人来帮助公司的管理上台阶，而且，现在的企业风险都很大，我们不能两夫妻都在一个领域里，那样一旦遇到风吹草动是有风险的。就这样，在和老公共同创业的四年后，我选择进入了金融领域独自创业。刚开始投资了几家金融公司，因为我对这个领域也不熟悉，但是我希望学习，因此，这几家公司我都是以股东的身份进入。

后来，我又和几个朋友做了自己的财富公司，我在这个公司是第二大股东，也是董事，主要负责公司的发展方向、资源的配置和项目的开拓。目前我的这个公司主要是在做项目投资，做孵化器。我们希望去帮助一些大学生创业，实现他们的梦想，也希望通过投资，帮助一些有好的想法、好的创业方向的普通人，圆自己创业的梦。

我现在把主要的经营方向调整到创投领域，一个是我们响应国家的号召，支持大众创业，万众创新，另一个还是源于我这个创业妈妈的身份，我一路起点很低地创业走来，深深地感受到作为一个创业者的那种无助和辛酸，所有的酸甜苦辣都在自己的心里面，无人可以倾诉。我们曾经是孤独无助的创业者，创业的这片天空没有因为你是妈妈就给你更多的照拂，我今天的创业成功完全靠的是自己流血流汗、玩命式的自我牺牲，可是我还是很感恩，生活给了我不菲的回报，让我可以用一种成功者的姿态去面对往昔难忘的创业之路。今天当我已经从创业的泥泞中走出来，我特别想把自己一路的辛酸化为一种力量，来帮助那些有梦想的年轻人，我觉得每个人的梦想都应该得到支持，每个有梦的人都值得尊敬。

现在的年轻人也赶上了最好的时代，不仅国家支持创业，连市场也充满了机遇，不管你是缺少资金，还是缺乏平台，只要你可以说出你的梦想，我们都会在很多的种子选手中选择出特别有潜质的创业者去投资他们，扶持他们，给他们机会，让他们施展自己的才华。因为自己在创业时的孤单无助，我对如今自己的创投事业情有独钟，心有千千结，很希望通过自己的努力托起一些可以走得更远、飞得更高的创业者，让他们在创业的路上一路有人陪伴，有人相随。这不仅是我现在的事业，也是我自己创业的又一个起点，我觉得真正值得的人生就是从一个成功走向另一个成功，对于真正的创业者来说，创业只有起点，没有终点。

现在我儿子15岁了，当年在我发现他的教育出现了问题以后，我花了大量的时间来陪伴他，包括他的继父也经常给予他很好的影响。8岁那年，我送他去了新加坡读书，我每三个月飞一次去陪他十天。在新加坡的一年多里，他进步很快，变得越来越懂事，越来越有礼貌和教养。2014年，在他13岁的时候，我送他一个人去了欧洲读书，儿子在欧洲的一年里，我飞了四次去陪他，儿子的成长又让我很惊喜，他的性格更加阳光，他更加喜欢运动，而且也有了自己的梦想。在他所在的国家有一所最好的学校，非常难考，可他告诉我："妈妈，我喜欢那所学校，我一定要考进去。"后来，四轮考试下来，他不仅拿到了录取通知书，还被校长直接给跳了一级。我一直在跟儿子分享，希望他以享受的心态来度过的他的学习生活，我告诉儿子："我们一家人都要努力，妈妈要努力成功，为的是让自己的生活更加愉悦，更加有能力去帮助别人；爸爸也很努力，为的是让我们的家更加美好；儿子也要努力学习，为的是不要在自己最美好的年华里留下遗憾。"我现在每天都会和儿子微信视频沟通，他现在很快乐，我们是非常和谐的母子关系，这也让我非常有幸福感。

其实一路走来，我的起点并不高，曾几何时，我也是一个只能为别人打工的小妹，可今天的我的确比原来强大了很多，不仅经济独立，事业独立，还可以有能力去帮助别人成就一份事业，圆一份梦想。这不是因为我有多幸运，而是因为我不仅努力，还特别喜欢学习。年轻时我读的书并不多，可是在我有能力去深造的时候，我选择了各种学习机会：为了学习房地产的营销，我到北京的清华大学上过房地产营销总裁班；为了提高自己的管理水平，我读过西南财经大学的EMBA班，甚至连九型人格我都学习过，为的是了解别人，以便做好管理和沟通工作。我觉得，如果说今天有一点儿小小的成就，那就是学习的习惯带给我的最大的收获。

现在有很多妈妈在行动，为实现自己的梦想在打拼，在努力，我很想跟创业的妈妈分享这样的一点心得，那就是做任何事要经得起挫折。我们没有更好的资本，但是我们可以坚持，执着地去追求自己的梦想，只要你相信你是可以的，你就一定能行。我一路走来，就发现，真正的创业没有捷径可走，只要方向没问题，就横下一条心，朝着自己的梦想走。真正的创业者期待的并不完全是目标的实现，他们更享受走在路上的那些时光，因为生命的所有冒险都在这其中可以体验得到，岁月因为未知才更可爱，不是吗？

中国辣妈创业主人公

滕瑜晓

湖南衡阳人 34岁

17

现在我身边很多妈妈都在创业,我每天都在感受着她们创业以后的变化,那是一种与众不同的活力和自信。对我来说,我是想用这种方式来给自己的人生做一个证明,我希望自己是一个活得更有自我、更加精彩的妈妈。我想让我的先生知道他的这位中国姑娘,来自湖南的辣妹子,并不甘于过平凡的人生。梦想有多远,我就会走多远。

我是湖南衡阳人，从小在外婆家长大，小的时候我就是一个特有主意的女孩，初中毕业，我没有去考高中，因为我一直很喜欢英语，自己在语言方面也很有天分，我报考了广西一所语言学校去读大专。当时我只有15岁，要离开家乡，去那么远的地方去求学，父母很舍不得我，尤其是爸爸送我去车站的时候，看着我眼泪都掉下来了。我心里也挺不是滋味儿的，但我有一点儿男生的性格，凡事大大咧咧的，这样的性格让我很勇敢。

几年的大学生活我非常开心，在学校里我是学生会的干部，是各种活动的积极分子，功课又一直很好，一般都是第一名，所以，2001年毕业的时候，上海一家西餐厅的老板到我们学校挑人才，我和另外3个女生被选中，来到了上海实习。那时候的上海西餐厅并不多，我们这位老板是美国人，他也是刚刚来到上海创业，刚刚开了自己的第一家店。

我们在这家店里从服务员做起，点菜、收银都做，我当时也觉得在这样的环境里练口语非常好，提高很快，因为都是外国人。也许是因为我的表现很出色，实习结束后，我和另一个同学被老板留下了，而且，别人三个月才转正，我干了只有一个月便转正了。从此以后，我就在上海开始了和我们这个老板一起的创业之旅。

刚开始为了帮老板尽快扩大规模，我几乎什么都干，从一开始的服务员到后来的经理，再到后来，我开始自己去开拓新店，从组织、培训到抓经营，全方位管理。因为我是和老板一起创业起步的，所以，老板非常信任我，他知道我很能吃苦，也很靠得住，很多事他都是让我自己做主。后来，我升任培训部的高级主管，专门负责整个公司的人员培训和教育。15年过去，我们的西餐厅从刚开始的一家发展到现在的30多家，这里面几乎每家店都有我的心血，我和老板也处成了亲人般的关系，因为我是和他一起创业成长起来的，所以，我对这家企业也非常有感情，这是我来到上海的第一份工作。不是所有的人都会把第一份工作坚持干15年之久的，我把这份工作当成了自己的事业去做，也得到了老板的认可和支持，我在这里很开心，因此，我还一直在坚持。

让我最开心的还是我来上海找到了一份异国恋情，我的先生是欧洲人，他的母亲是荷兰人，父亲是瑞士人。我实际上是在网上认识他的，那是2001年，我大学毕业前夕，因为我超喜欢英语，就在网上找国外的朋友交流，当时很多人给我回复了，我的先生也在其中。我当时并没有觉得他有什么特别的地方，只是像一般的朋友那样交流，后来我到上海工作了，他突然说要来上海看我，我感到很惊讶，但是也很开心，结果让我意外的是，当我在浦东机场接到他的时候，我们一见如故，像老朋友一样地倾谈，一点儿也没有陌生感，我觉得缘分真的很奇妙。

后来，2001年的圣诞节他又从欧洲来上海看我，而且，这一次来了以后他就开始向我求婚，我完全没有准备，后来，我答应他回去考虑一下。就这样，我们只见了两面就确定了关系，但是，我们之间的恋情遭到了父母的强烈反对，他们觉得我嫁一个外国人，不是一件靠谱的事，他们担心文化的差异，担心生活习惯的不同，将来会出问题。可是，我感觉我们之间真的不存在什么差异，我跟他就像好朋友，我们相互之间很认同，价值观也基本相同，但因为父母反对，我们一直到2005年才考虑结婚的事。

因为我们结婚要回湖南去登记，可是父母的态度还没有松动，他又很着急想娶我，我们两个在上海的家里一筹莫展了很长时间，谁也拿不出主意来，连回长沙的飞机都给耽误了。后来，还是我鼓起勇气带他回了我们家，爸妈一见小伙子很帅，人也很有教养，我又很坚持，也就不再反对，就这样，我们几年的异国恋终于修成正果。

为了和我在一起，我的先生也做出了很大的选择，他离开了生活舒适的欧洲，来到了上海，因为我的工作在上海，2008年、2010年我们的两个混血宝宝也出生在上海。他们很漂亮，也非常懂事，经常会给我惊喜，而且，他们特别有礼貌，也很爱学习，我觉得这和我先生对他们的教育方式有关。因为，我的工作一直特别忙，很少能够陪伴孩子，但我的先生一定是孩子第一位的，他会拿出很多时间来陪伴孩子，带他们出去玩，在家里和他们玩游戏，陪他们学习。他一直说，生活中没有什么可以替代父母对孩子的陪伴，因为孩子的成长是不可等待的。

我一直觉得先生是我生活和工作的良师益友，他在很多问题上都给了我很多的启发和教育，后来，我也在他的影响下慢慢地放慢了脚步，开始多拿出一些时间来陪陪孩子。我先生是一个特别爱家的人，他很愿意把时间花在家里或者孩子的身上，我在这方面做得就没有他好。而且，他也很会处理我们之间的关系，比如我们各有各的朋友圈子，他会定期去参加他的瑞士朋友的聚会，我也会定期参加我的朋友圈子的聚会和活动，但是，他会安排我们两个单独去外面吃饭、看电影，过过二人世界，我觉得这对我们之间保持情感的浓度特别有好处。

而且，他还是一个非常包容的人。我的父母在我这儿住的时候，我们的很多生活习惯他们看不惯，有时候嫌我们浪费，不会过日子。有时候嫌他只喜欢吃凉的东西，我知道对我父母这一代的人来说，有些事情是无法改变的，但我先生总是很包容地对待他们，从来没有不尊重过他们，当然我在中间也起了一个桥梁的作用，给他们化解各种不理解，所以，我父母在我这里住的时候，我们也很和谐。

这些年我自己实际上也一直在寻找创业的机会，因为我是一个特别有梦想的人，又很要强，我一直想自己做点儿事。去年，我去欧洲旅行，转了五个国家，也发现了很多商机，我发现欧洲有很多物美价廉的东西，特别是孩子用的产品。我在网上开了微店，开始做欧洲代购，但是，我做这个并不是为了赚多少钱，而是我在做市场调查，因为我经常去欧洲，一直很希望把欧洲好的产品带到国内来。我希望通过做欧洲代购，从中发现中国消费者喜欢的品牌和产品，尤其是妈妈们喜欢的孩子的用品和女性的化妆品，然后，我会去跟欧洲的厂商谈一个代理权，在国内做一个代理。我希望把好的可靠的产品带到国内来，让更多的宝宝和妈妈们受益。

我一直是一个很有梦想的人，我想成为一个作家，把我和老公的异国恋情，还有这么多年的经历写一本书，我还想写剧本。有时候想想，我也是这个年龄的人了，也应该去实现一下自己的梦想了。未来我想做与电视娱乐有关的事业，会开一个培训中心——专门来训练小朋友走秀和表演的机构。因为，我的两个混血儿子在这方面就很有天分，他们年纪还很小，已经经常在T台走秀，出演电影，而且跟舒淇、潘虹等大明星都一起演过戏了，他们自己很喜欢，我也觉得这跟从小的培养有关，所以，我将来会在这方面有所开拓和发展。

大家都说我这个人精力超级充沛，我也觉得有太多的想法需要实现。我想做不同的事，尝试不同的领域，我觉得人活着就应该有自己的追求，尤其是女人。我的先生特别支持我，他一直鼓励我大胆一点儿，有梦想就应该去实现。他也给了我很多好的建议。他说："你的梦想很多很好，但是你也要规划一下，最近两年你要做什么，实现什么。未来两年你可以做什么，追求什么，这样的你才可以尽快地去实现自己的想法。"

我一直觉得先生不仅是我生活上的好伙伴，还是我工作上的好伙伴，他的很多建议对我来说都很到位，我们经常在一起分享彼此的梦想，这让我们的感情一直保持在初恋的温度。我实际上一直在积蓄自己的能量，期待有一天自己创业，可以做一番事业。15年在西餐厅的工作经历、和老板一起打拼的过程，是我不断学习成长的机会，而且，在餐饮这个行业，我学到了很多管理经验，结识了很多的人，积累了很多的资源。由于我性格开朗，很愿意帮助人，我也交到了很多各行各业的好朋友，这也是今天我希望自己重新启程、去奔向一个全新领域的信心所在。

现在我身边很多妈妈都在创业，我每天都在感受着她们创业以后的变化，那是一种与众不同的活力和自信。对我来说，我是想用这种方式来给自己的人生做一个证明，我希望自己是一个活得更有自我、更加精彩的妈妈，我想让我的先生知道他的这位中国姑娘，来自湖南的辣妹子，并不甘于过一个平凡的人生，梦想有多远，我就会走多远，不管目标在哪里，我都不会放弃找寻的努力，而且，这也会是我们共同成长的过程。我知道，没有不变的爱情，只有不断成长的夫妻，我相信我一直在努力，他可以看得见，创业不仅仅是我事业的新起点，也会是我们这对异国夫妻情感的新的出发点，对此我深信不疑。

中国辣妈创业主人公

多多妈妈

黑龙江大庆人　35岁

未来,我会做更多可以帮助别人的事情,因此,我会努力让自己变得更强大一些,虽然做微商是一份小事业,但它不妨碍我有一颗大大的心。做一个有追求、有品质、有梦想、有野心的辣妈是我的目标,而学会平衡工作与事业的关系,则是我需要学习的功课。

我是学音乐教育的，2000年考入齐齐哈尔大学，在大学里一直很优秀，刚入校就进了学生会当干部，大二我是我们系第一个入党的，英语也是第一个过四级的。虽说我学的是音乐，但始终好像也没有很大的兴趣；我一直对营销很感兴趣，喜欢跟人打交道。我的创业实际上从大二、大三的时候就开始了。那时暑假里我就开始打工了，先是在大商场里推销化妆品，后来又去做电视促销员，卖电视。我记得那时我一个暑假就净赚了5000元，那应该算我人生的第一桶金吧。

其实，我的父母都是大庆的干部，家庭条件也不差，但是我从小就很自立，尤其是读了大学以后，觉得要靠自己，而不能什么事还都依靠父母，给父母增加负担。2004年，我大学毕业后就来到了北京，在一家企业做了职员。因为工作比较清闲，业余时间我就继续做我的小生意。那时候家里给我买了一辆小车，到了周末我就开着车去天意上货，有时也去白沟上货，一般就进一些包包、小饰品，然后开着车在路边售卖，等于是做路边摊吧。就是地下铺一个单子，把货品摆上就开卖，别看我的摊儿不大，而且只有周末才有时间做，我那时一个月就可以净赚3000多元，比我的工资高。

其实，这路边摊想要做好、有钱赚，也得动脑子，眼光好。我一般会根据季节的变化来进货，比如说冬天的时候，我会进一些棉拖、坐垫去卖。春天的时候丝巾卖得最好，夏天的时候再卖凉拖、丝袜。像包包、钱夹、小饰品常年都可以卖得很好。除了经常去摆路边摊，我还在石油大学、双安附近开了几个格子铺，当时生意也不错。我当时做这些没有什么目的性，其实就是兴趣，喜欢，不想浪费时间，总想干点儿有意义的事情，自己有能力让自己的生活更充实就觉得挺开心的。可是2007年12月的一场车祸改变了我的很多想法。

那是一个冬天的早上，我开车去白沟进货，走在京开高速上，为了躲一条流浪狗，我的车撞在高速公路的护栏上，当时我被撞得满脸是血，非常严重，可是正是早晨六点钟，高速路上本来车就很少，我下来拦了几辆车想让他们帮帮我，可是居然没有找到一个人，当时的我很绝望，后来是警察把我送到了医院。幸运的是，我当时检查完了发现受的都是皮外伤，在医院住了不长时间就伤愈出院了。那一年，我26岁，刚刚结束了一段恋情，工作也不顺利，正处于人生的低潮期。这次意外的车祸让我想了很多很多。

我在想，我还这么年轻，什么也还没干，这次车祸万一出点儿事，我这一生就这么过去了，好可怕呀，在鬼门关前走了一遭我才发现，人生原来如此脆弱，生命原来如此宝贵。我在想什么是我的梦想，我是不是也应该去努力一下实现我的梦想了。这辈子再也不能这么没目标了，工作也就这样了，我应该让自己的业余生活更加丰富精彩，活出自己的价值来。伤好了以后，我做的第一件事就是到派出所改了名字，我觉得自己原来的名字太女性化，有一些弱，我本身有一点儿男孩子的性格，很坚强，很勇敢，我希望自己能够更加独立，强大，成为一个可以帮助别人的人。

人真的很奇怪，想法变了，生活也就变了。2009年，我到了一个新单位，虽说还是干原来的专业，但是在这里我遇上了一个男孩，他很阳光、帅气，也很有活力，很有缘分的是我们是老乡，都是大庆人。在北京遇上一个老家的人也不容易，我们一见面就彼此有好感，后来他真的开始追我。在我看来他是一个很有个性的男孩，很有保护欲，而且非常坚持。我本来有点儿女汉子的气质，但在他面前，我好像也很能释放自己女孩子的魅力，就这样我们两个走到了一起。

2010年9月，我们结婚了，婚礼办得温馨而隆重，在婚礼现场，我弹奏钢琴，老公唱歌，我们合作了一首曲子《我们要在一起》，现场的气氛非常感人，当父亲牵着我的手向我的另一半走去的时候，我的眼睛湿润了，这场婚礼我将终生难忘。婚后的生活和谐而美满，我们的感情非常好，2012年儿子来到了我们的生活，做妈妈让我体验了人生太多的改变，首先是外形上的，我原来体重只有104斤，可生完孩子飙升到130多斤，那时候我感觉老公都不愿意多看我一眼。原来最喜欢带我参加同学聚会的他也开始一个人去赴约了，这让我心里很难受，我开始了自虐式的减肥之旅，每天除了早饭，中饭晚饭一律全免，结果很快体重就降了下来，这让我有了做妈妈以后的自信。

2013年，微信开始流行，我身边有一些朋友开始做起了微商，我一看就很有兴趣，我实际上是国内最早的一批微商。刚开始干微商时只不过想要把我以前摆路边摊的库存处理出去，那时候，我只是把一些货品拍了照片发到朋友圈里去，没想到就有很多人感兴趣，很快我的库存就卖没了。看到我的朋友圈这么火，我的一些国外的朋友和同学就找到我，跟我合作起了海外代购，当时，我全是利用业余时间做微商，因此特别特别忙。中午在单位，同事都会睡午觉，我就利用午休时间赶快写单子，发货。晚上回到家里，把孩子哄睡了，我也是赶快跟客户互动，接单，写单，提供售后咨询，整天捧着手机，搞得老公挺不满意，他经常说我："嗨，你能跟我说上两句话吗？"

后来我觉得这样下去也不行，就等孩子和老公都休息了，再干自己的事儿，所以，我一般发朋友圈都是在十点以后。有的时候深夜还在写单子，算账，非常辛苦，但是我很开心，我在实现自己的价值，为做一个经济上可以独立的妈妈在努力。做微商的第一年，我就净赚了大概七万元，第二年赚了十万，2015年我初步预计了一下，可能会突破20万，这可都是我在业余时间的收获，我觉得真的是天道酬勤，虽然赚钱不是我唯一的目标，但这也证明了我的能力，让我的生活更丰富精彩，人生更充实。

现在做微商的人越来越多了，而且，这其中还有很多妈妈，我想跟妈妈们分享如何做一个成功的微商。我觉得，想要做一个好微商，眼光很重要，一定要把握时尚潮流，有预见性，当别人还没开始做的时候，你就做了，这样一定可以占得市场的先机。再一个产品的质量很重要，一定要做质量靠得住的好产品才可以长久。然后是很好的售后服务，也就是对你的客户提供最贴心的帮助，他才愿意选择你的产品。还有就是商品的品种要丰富，让你的客户离不开你，他的衣食住行在你这儿都可以得到满足，他就愿一直跟着你走。因为维护一个客户不容易，他一旦选择了跟你做交易，你就应该成为他的好朋友，甚至好帮手，在他有需求的时候他很愿意在第一时间找到你。

我跟我的客户很多都是很好的朋友，有的人甚至相处得久了成了我的闺蜜、知己，还有一些客户因为使用了我的产品而受益，就自愿成了我的代理。对我的客户，我逢年过节都会给他们寄一些神秘的小礼品答谢他们，而对于我的代理，我会把大部分利润都让给他们，我觉得一定要让你身边的人有钱赚，人家才愿意跟你长期合作。我这儿也就是薄利多销，大家通过做生意处成了好朋友，他还会把他的朋友介绍过来，这样比我去开发一个新的客户要省心多了，所以，做微商其实就是在做人，只要你是一个靠谱的人，赢得了大家的信任，做生意是水到渠成的事，而且，你的客户在你这儿花了钱还很开心。

在微商经营方式上我也很创新，我大概是微商里面第一个可以赊销，可以做分期付款的吧。有的时候我的代理有困难，不能一下囤很多货，我就会替他们垫付货款，赊销赊供。有的时候，客户买我的产品手头紧，我就会让她做分期，每个月只需要还一点点钱就可以把她喜欢的产品拿回家，我这么做一方面是出于对大家的信任，一方面也建立了大家对我的信任。我一直觉得做事情没有点儿冒险精神是做不大的，过去的几年我一直是自己在微商，2015年我开始组建自己的团队，不到五个月，我的麒唤团队就达到了70多人的规模。现在，我经营的品种有化妆品、厨房用品、女性用品、服饰、食品、首饰达十几个品种，还兼做澳洲、日本的海外代购，可以说规模越来越大，我也越来越忙，但是，我感到很骄傲，因为，我终于可以有力量去帮助别人，有能力去实现我的梦想，做自己想做的人。

前不久，有一位妈妈在单位下岗，她原来是我的客户，看她给我发的微信情绪低落，非常迷茫，我跟她聊了一下，不断鼓励她重新寻找出路，鼓励她做自强自立的妈妈。我跟她说，我们无法决定命运，但是我们可以选择走自己的路，因为我们是妈妈，因此，我们没有时间去长吁短叹，尽快行动起来，去做自己能做的事情，才可以尽快让自己强大起来。后来，她也选择自己创业做微商，我手把手地教她如何接单，如何介绍产品，如何跟客户沟通，这样用了几个月的时间，她就完全变了精神面貌，人变得开朗积极起来。

随着她的业绩的增加，她原来下岗以后对于经济状况的担忧也渐渐小了很多，她开始变得自信美丽起来，觉得自己也是可以独立的妈妈了。她的转变让我非常开心，也非常有成就感，真的比赚了很多钱更让我高兴。这也让我感受到了妈妈这个群体的力量，我们在一起做事，不管事情大小，我们都愿意一路相伴，一路扶持，相互帮助，这种感觉很美好，也很珍贵。现在，我的团队里大多数都是妈妈，看到她们愿意为了自己的经济独立、生活独立，去辛苦打拼，勤奋耕耘，很多妈妈也赢得了自己的小小成绩，我觉得我的事业平台很有价值。

我现在每天的业余时间都在发货、写单子，有点儿忽略了我的儿子，这让我心里很歉疚，发现他也有了自己的小脾气，我知道是自己的问题，所以，我现在也在调整自己，还是希望给孩子更多的陪伴。不过，我知道我虽然不是那个陪伴孩子最多的妈妈，但是我一直在努力做一个可以给孩子带来最多快乐的妈妈。未来，我会做更多可以帮助别人的事情，因此，我会努力让自己变得更强大一些，虽然做微商是一份小事业，但它不妨碍我有一颗大大的心。做一个有追求、有品质、有梦想、有野心的辣妈，是我的目标，而学会平衡工作与事业的关系，则是我需要学习的功课。

我一直期待自己成为一个大格局的女性，创业让我勇敢了很多，使我成为一个敢于面对所有挑战的妈妈，我希望我的人生路越走越宽，越走越幸福，让我身边的人也越来越幸福，我觉得，这才是有价值的人生。

中国辣妈创业主人公

吴华珍

湖北武汉人 36岁

19

生活给我关上了一扇窗,却又打开了一扇门,我从这扇门走出去,不仅见到了阳光,还遇见了更美好更强大的自己,拥有了更自由更舒展的生活。不是婚姻失败,我不知道自己还会有这么大的勇气;不是创业,我不知道自己还会有这么大的能量;不是奋斗,我不知道自己也可以成一个很棒的妈妈。

我高中毕业就到深圳去打工了,一开始在电子厂做流水线,后来因为我比较能干,又很聪明,便被调到了办公室负责人事工作。后来在潮州我认识了一个男人,他是四川人,当时我不满18岁,他24岁。我因为很小就没有了父亲,所以,比较喜欢年纪大一点儿的男人,我很喜欢他,19岁就跟他回了成都,20岁我们就结婚了,21岁有了儿子。

他本来也是有公职的,但是,当时我们都年轻,希望凭自己的努力来打拼出一份好的生活。那时我们手里只有800元钱,又跟家人借了3000元,我和老公共同创业,开了一个经营二手空调的小铺面。基本是我在家守店接电话,他出去给人安装维修。那时候虽然创业刚起步,很艰难,但是我们心中都有对未来生活的美好憧憬,也都能吃得起苦,夫妻之间的感情也不错,虽然生活不富裕,但我感觉还是很幸福的。

经过几年的打拼,到了2003年,我们的经济条件就好了很多,从开始租房子到买了自己的第一套房子,还开了一个很大的铺面,当时还是我主内他主外,我一边帮他做生意,一边带孩子。2006年,我们的经济状况越来越好,就又买了第二套房子,也买了车,他那时也比较成功了,成了人们眼里所谓的老板,经常在外应酬,有时候还不回家。

我一开始在家里还是挺安心的,觉得我们之间那么不容易,我跟他是创业夫妻,我们从一无所有到车房都有,从艰苦的打拼到现在的成功,这一切都是我跟他一起走过来的，我们在一起时日子过得那么苦都没有什么问题，现在生活好了，我觉得他应该懂得珍惜。

开始的时候是我们之间的沟通越来越少了。他经常不回来，回来跟我沟通得也很少，我当时一切精力都在孩子和家庭上面，也忽视了跟他的一些交流。慢慢地我听到了一些不好的传闻，说他在外面怎样怎样，开始我不愿意相信，但后来事实证明真的有些问题，我很生气，就带着孩子回了娘家，这一次是他主动打电话让我跟孩子回来的。可是，到了2009年，我们之间的关系就真的到了很难维系的境地了，他搬了出去，自己在外面租房子住，我和孩子去请他回家，他却不给我们开门，夫妻之间到了这一步，我彻底失望了，也想到了放弃。后来我跟他长谈了一次，他也承认曾经背叛过我，我很生气，决定离婚，并且我把车、房都给了他，几乎净身出户。

这件事可以说对我的打击很大，因为，我们一起吃过苦，一起奋斗过，一起从那么艰难的日子里走过来，生活刚刚有好转，他就变成了这样的，我很难接受，难道真是夫妻可以共患难不可以同享福吗？我想不通。跟他分开后，我做的第一件事就是去照镜子，我百思不得其解，是我的容貌有问题吗？是我的身材不够好吗？还是我不够贤惠？在这之前我还是很会照顾他，也很爱待在家里做一个小女人，可也许就是我总是待在家里，对他有些依赖，所以婚姻才出了问题。

离婚后我变得一无所有，自己只好出去租房子住，我必须尽快工作，要有收入养活自己。自从离婚后，我发誓要让自己变得更美，我想去两个行业找工作，一个是卖服装，一个是卖化妆品。后来，我就找了一家服装店开始卖服装。没想到第一天上班我就迟到了，因为在这之前，我是老板的太太，出门不是自己开车就是司机送，从来没有坐过公共汽车，我不了解公共汽车的时间，也不知道怎样坐，结果就把时间给耽误了，为此服装店的老板很不高兴，还批评了我。

我毕竟还是吃过苦，所以，很努力地去工作，在这家服装店干了不到两个月，老板就跟我谈话，让我去跟她做管理，他对我的人品和业绩很看重。我在这家店干了两年多的时候，老板已经让我负责管理八家店。我其实一直是一个比较喜欢挑战的人，2013年我又去了另一家公司，是专门做服装批发生意的，这个工作也很苦，常常要凌晨四点钟赶到市场，但是底薪很高，我那时就想拼命赚钱，想有一天自己创业。

大概过了一年半的时间，我终于有了一些积蓄，2014年下半年，我和一个朋友合伙，一人出了几十万，开了一家比较有品质的服装实体店。这些积蓄基本上是我离婚后打工五年的收入。这五年来，我也经历过投资失败的过程，经济上困难到只能天天吃泡面过日子，而且，我一直在外面租房。2012年，前夫见我投资失败，又没有自己的房了，曾经来找过我，他提出要给我买房，但条件是要我回家，不能再出来工作。我当时就谢绝了他，我想我一定会靠自己的努力独立起来的，他对我也许只是同情或者怜悯，这是我的自尊心受不了的。

为了让自己尽快独立强大起来，我一直在不断地学习成长，2003年我就曾经去读过夜大，这些年来我一直在读书，这是我坚持最久的人生习惯。而且，我一直在为自己创业做准备。以前在服装店打工的时候，我为了了解别人的生意为什么做得那么红火，想为自己的创业学习一些经验，我特意到成都最火的餐馆去兼职，打了第二份工，那是一家很火的烧烤店，当时我白天上班八小时，晚上下班以后我就到这家店再干到凌晨两点钟。

由于烧烤店里的服务员都是些小帅哥和靓妹，我已经是个妈妈，在里面的确显得年龄偏大。我为了让别人不知道我的真实年龄，也为了让一些经常来消费的熟人认不出我来，我特意每天化很浓的妆，带一个鸭舌帽，扎一个马尾辫，显得很青春的样子。我在这里就像一个"卧底"，我特别想了解他们为什么生意就做得这么好，他们是什么样的经营模式，他们是怎样管理员工的。结果真的没有让我失望，我在这里学到了很多东西，后来，我自己开始创业以后，我把学来的这些经验都用在了我的服装店的管理上，还是非常有效的。

我现在开的这家店主要是我在管理，是一个两层楼的店面。我本身就是一个特别爱美的妈妈，所以，选择了服装这个行业。我希望通过这种方式帮助更多的妈妈美丽起来，变得更有魅力和品位。我一直希望自己成为一个内外兼修的优雅妈妈，为了提升自己，我也在不断地充电，学习。2015 年，我还报了模特儿班学习，希望自己不仅外表保持美丽，还可以拥有高雅的气质和状态，自己开始创业后，我感觉需要学习的东西太多了，想要创业成功，真的也需要不断地成长。

我的儿子上中学了，现在正处于敏感的青春期，我跟儿子之间一直相处得特别好，我们就像很好的朋友，无话不说。儿子在单亲家庭成长，有时候也会有一些问题，但是，我都会很好地和他沟通，充分地尊重他，生活上很关心他，所以，他成长得还算顺利，这让我这个做妈妈的心里也有一些安慰。我一直很执着地想要自己创业，哪怕再苦也不抱怨，就是希望儿子看到妈妈的努力和坚持。他是男孩，我也想让他从妈妈身上看到那种勇敢与坚强的品质，将来成为一个负责任的好男人。

也许在别人看来我太倔强了，自尊心太强，因为，前夫几次找我想要跟我谈复婚的事，都让我回绝了。不是我不能接受他，是我接受不了自己走回头路，因为那种伤害让我刻骨铭心。原来，我跟他连电话都从来不打一个，更别说见面了。虽然我们就在一个城市，但是，也是很多年没有见过了。现在，为了孩子，也因为我有了自己的事业，我不再是那个弱小的需要别人的同情与怜悯的单亲妈妈了，现在，我是独立和正在强大的创业妈妈，所以，我会主动提出跟前夫见面，一起喝茶，因为这样会让孩子感觉好一点儿，也对孩子的成长有好处。

离婚后我也曾经谈过别的感情，但是，我觉得还是曾经沧海难为水，到了我们这个年纪再谈一段真情很难，所以，我情愿把所有的精力与时间放到工作上。我的创业也刚刚起步，还有很多事情要做，我离自我的强大还有一段距离。过去我会怨恨前夫，是他的背叛让我受了这么多的苦，从一个老板娘沦为了打工妹，但是现在，我真的很感恩，生活给我关上了一扇窗，却又打开了一扇门，我从这扇门里走出去，不仅见到了阳光，还遇见了更美好更强大的自己，拥有了更自由更舒展的生活。不是婚姻失败，我不知道自己还会有这么大的勇气；不是创业，我不知道自己还会有这么大的能量；不是奋斗，我不知道自己也可以成一个很棒的妈妈。所以，今天我没有什么好抱怨的，选好自己的路走下去，作为妈妈，我们别无选择。

中国辣妈创业主人公

小 北

河北张家口人 38岁

20

如果说我们之间目前的状态有点儿像传说中的灵魂伴侣，那也是因为创业给我们带来了共同的梦想，这个梦想让我感觉跟他在一起，不仅仅是在一起幸福地过日子，然后一起白头到老那么简单，我们在一起共同成就对方，成为对方的领路人。

我是1978年的，所以也算是70后吧。小的时候，有一点儿小叛逆，也不想考大学，所以，初中毕业就上了一所艺术学校，算是中专吧，学美术。因为我父亲是搞艺术的，我虽然从来没有跟他专门学过，但平时也会勾勾画画的，但是，也没有特别想要往这方面发展。

上了中专以后，我的一个老师对我特别好，这个老师也是我父亲的学生。他经常对我说，要我好好学习，一定要考大学，这样的人生才会有目标。也许那时候我的青春期叛逆已经过去了，我觉得老师说的很对，便开始刻苦地学画画，准备考大学了。那时候，我经常早晨四五点钟就起床，一个人溜到画室去画画，非常用功，后来，我真的考上了北京的大学。

到北京读大学的日子很开心，因为终于可以离开父母独立了，可以自己去赚钱了。那时我一边读书一边打工，有时候到设计公司干点儿活，有时候去做做美编。整个大学期间，除了父母给的生活费，我自己租房、交通费基本上都够了，再也没有让爸妈多花钱。

大学毕业我进了一家报社做美编，也算事业单位吧，每天和一些图片、文字打交道，工作节奏不快，但是我很喜欢。我人生的转折实际上来自我的网恋。2003年，我在网上就认识了他，我后来的老公。但是我们在长达三年的时间里都知道彼此的存在，却没有打过招呼。那是在2006年，他突然主动在网上跟我打招呼，我们聊了起来。

因为我知道他也是学艺术设计的,而且,他的版画非常棒,我们在这方面很聊得来,这样在网上大概聊了一个月,他提出要跟我见面。因为他是在上海工作,我跟他说,见面也一定是你来北京看我,我是不会去上海的。我这样说还有一个原因,我骨子里不太喜欢上海人。

后来他果真来北京看我了,我们约好了在一个路口见面,可是,他一下出租车的那个瞬间我感觉好失望,因为发现他很瘦小,我是北方女孩,更喜欢高高大大的男孩。可是人家既然来了,我总要接待一下吧,我们约好了去吃饭。可他一开口跟我交流,我马上感觉就来了。因为,他不仅是个很有个性的男人,还非常有内涵,凡事都有自己独特的视角,他的这点让我特别佩服。

因为在他之前我也接触过别的男孩,有的男孩外表很帅很 man 但是真的让人觉得无趣,很空白,而他则是一个让人感觉内心很丰富、很有见地的一个男人。而正是这一点也让我觉得他虽然人比较瘦小一些,但他真的是一个大男人,是个很有力量的成熟男人。

我们 8 月份在北京见的面,十一长假我就带他回张家口的父母家了。说真心话,在这之前我是个不婚主义者,本来就没打算结婚,所以,也从来没有很认真地谈过恋爱。这一次,见我如此认真地把男朋友带回家了,父母也很认真地开始面对这件事。原本我的父母也担心南方人我们处不来,可是他一开口说了几句话,我父母马上就很喜欢他,尤其我父亲，悄悄跟我说，这孩子不错，可以。

我父母这边一给定心丸，元旦我们马上就去见他的父母，结果他的的父母也很认同，2007年的4月我们就领了结婚证。可是，结婚的同时我们也发现了一个严重的问题，那就是我在北京工作，他在上海工作，我们两地分居应该怎么解决？当时，我在北京工作各方面都很好，我的人脉、朋友圈子也在北京，如果去上海，我就要放弃这一切，重新再来。

当我给他说到这些的时候，他就说了一句："没关系，如果你不来，我就去。"就这句话让我很感动。因为，他当时在上海的工作非常好，收入也比我高多了，他肯毫不犹豫地为了我们之间的感情放弃这一切，说明他真的很尊重我。经过再三思考，后来我还是决定去上海和他在一起。但是我的条件是，我必须去了就有工作干，我可不想在家里待着。

老公帮我在他朋友开的设计公司找了一份工作，我就放弃了北京的一切，去上海发展了。当时我的这种行为很多朋友和亲戚都不理解，他们认为我把北京这么好的工作和环境都扔掉了，去南方那么远的城市重新开始，实在有些冒险。而我当时其实也是想要赌一把，我想我在北京都可以奋斗，在上海一样可以通过自己的努力生存得更好。我在给自己一次挑战人生的机会，抱着赢的心态就不要怕输，我倒要看看这种选择有什么可怕。

我一到上海，就去老公给我介绍的那家公司上班了，在那里一直上了两年班，2008年我怀孕了，老公很心疼我，说要不就别去上班了，因为搞设计的女孩很辛苦，还是在家里休息待产吧。我就从公司辞了职。但是我是个闲不住的人，虽然不上班了，但是我还是经常会和老公带上相机，在上海的大街小巷去拍那些很人文的东西，然后回到家里我们一起修片，再把片子配上文字发到博客里去，跟那些博友互动。那时只是一个爱好和兴趣。

也许是学美术出身，我很喜欢视觉艺术，尤其是迷恋摄影。结婚时，我跟老公说，我不要钻戒，你送我一台好的相机吧。结果。我们上午去领证，下午就去买了相机。因为喜欢，所以我很投入，后来，怀孕时没事干，我就和老公商量开个影楼，专门给宝宝拍照片。因为自己也马上有宝宝了，实际上没想着赚多少钱，就是喜欢，觉得好玩，又有个事儿做。

就这样，我刚刚开始怀孕时我自己的创业就开始了。我们在离家不远的地方租了一个小房子，怀孕五个月时还没有装修好，后来妈妈看我太累，就把我接回了老家待产，装修的事儿就交给了老公。我在老家生完宝宝，刚出了满月，就一个人回了上海，因为影楼装修好了，我着急投入工作，就这样我的影楼就开张了。因为我自己有了宝宝，特别理解妈妈的心情，又很理解宝宝，所以，我拍照的技术好，服务的态度又很好，影楼的生意很快就火爆起来，很多妈妈慕名而来，就是为了给自己的宝宝拍一张满意的照片。

2012年的时候，微博很火，我注册了自己的微博账号。刚开始，我会把自己给我家宝宝拍的照片精修以后放到微博上去，再配上一点儿文字，没想到特别受欢迎。刚开始我的微博只有十个粉丝，可是很快就有很多妈妈来关注我，跟我互动，交流，后来我觉得只晒自己宝宝的照片有点儿单调，我开始把找我拍照的这些宝宝的照片放上去，并且配上一些感人的小文字，没想到反响出奇的好，很多妈妈会来跟我互动，有的妈妈还会介绍别的妈妈来加我，因为她们觉得认识了一位摄影师妈妈，非常高兴。

这时候妈妈们跟我聊的话题就多了起来，有的时候是围绕拍照，有的时候是谈育儿，比如说你家宝宝吃什么呀，穿什么呀，用什么呀，慢慢地我的微博粉丝很快就涨到了五六万。有的时候，一些妈妈给孩子拍了照片不理想，我就让她们发过来帮她们修片，就这样我的名气在微博上越来越大，很多妈妈来找我给宝宝拍照，有的妈妈是从外地过来的，有的妈妈甚至是从国外飞回来的，我开始越来越忙，忙得有时候连自己的孩子都照顾不了了。

也正是在这时，一些品牌开始来找我，有的是相机，有的是手机，因为我的微博当时很火，所以，他们都希望我在微博上帮他们推荐一下产品，当然他们也会给我一些回报，但是这样我就会很辛苦。有一天，我跟老公谈起了这件事，老公看了我的微博后，我们又像往常一样聊了大半夜，老公说："你这个太有价值了，这么多粉丝，用户群体非常精确。"因为老公是做互联网的，因此他的嗅觉非常敏锐，而且他看问题很全面，他对我说："你不能再这样单打独斗下去了，你要成立公司把经营做起来。"我说："我一个人的公司怎么做？"他说："你不是一个人，还有我，我辞职出来和你一起做。"

说实在的，当时老公的话让我有点儿吃惊，因为他当时已经是一家互联网公司的高管，年薪上百万，他肯放弃自己的高薪来跟我经营这个小公司，我的确有一些担心。当时我们的经济压力也很大，要付房贷，要养孩子。但是，老公跟我说，我们年轻人就是要干点儿自己的事业，帮别人打工那是在积累经验，干任何事情不破釜沉舟是干不好的。而且，老公当时跟我说要我们自己创业的时候，他并不是说只是为了赚多少钱，他一再地说我们只是在去干一件自己喜欢的事，我们用心去做一件事赚钱只是顺带的事儿。

可以说，当时是老公给我画了一张巨大的饼，瞬间说服了我，可是我们把老公打算辞职的事跟父母商量的时候，却得到了两种完全不同的意见。跟我父亲打电话时，父亲很惊讶，也很不支持，他说："工作不是很好吗，自己创业可没有你们想象的那么简单。"给他父亲打电话时，他父亲的第一句话就是："你早该辞职了！"然后老人家就表态："你大胆地干，有什么困难我来支持你。"

两位父亲对待儿女创业问题态度截然不同,反映了南北方文化传统的差异。后来,为了支持我的创业,老公真的辞职了,我们拿出了自己小家庭全部的家底和他父亲支持我们的一部分资金,去注册了公司。我们当时对创业的定位是,做一个母婴产业平台,而亲子秀摄影只是其中的一条主线,包括现在的影楼加盟也是其中的一个项目,我们真正想做的是一个新媒体公司,借助互联网的平台,打造自己的用户群,当我们的用户群达到一定规模时,以我们的自媒体加新媒体的营销方式来吸引品牌跟我们合作。公司刚刚注册,我们就开通了微童星的官方微博,后来微信公众号刚刚开放的第8天,我们就注册了官方的微信公众号。

刚开始我们邀请影楼加盟我们平台是非常困难的,因为我们想请他们免费给妈妈宝贝拍摄,还要收他的钱,很多影楼不接受这种方式。我们选择了杭州的一家在行业内比较有知名度的影楼作为我们第一个客户。那时候,我几乎每天都要打一两个小时的电话说服他加盟我们,有时候还要去杭州和他面谈。他一开始坚决拒绝我们的方式,后来,他答应试一下,但不交很多钱,而是我们在微博上发一张照片,他给我们一百元钱。

他每次精修好照片就会发给我们,我们就会在官方微博上推送,没想到效果非常好,也给他的影楼带来了不错的效益,他开始很认同我们的这种新媒体营销方式,马上提出可以给我们先交一年的费用,在我们的平台上给他发照片。因为这家影楼在业内有风向标的作用,他这么做就会有很多家影楼跟进，慢慢地我们的客户就多了起来。

后来，我们又策划了"百变辣妈"亲子封面秀活动，这个活动当时也是我受一部电视剧《辣妈正传》的启发，那部电视剧写的就是做了妈妈的女人应该追求自我价值的实现，应该拥有属于自己的生活方式与独立气质的故事，正迎合了当下妈妈们的追求。我当时就在想，在我们的亲子照里，通常不是单独给宝宝拍，就是单独给妈妈拍，几乎没有把妈妈和宝宝放在一起，通过一些设置让妈妈和宝宝互相映照、相得益彰、完美呈现的照片，我们可以不可以做这样的一个尝试，打造出一个崭新的亲子秀照片的风格呢？

为了体验这种感觉，我先带儿子去拍了一套亲子秀照片，后来把照片发到微博微信上以后，没想到出奇的火爆，很多妈妈特别喜欢这种亲子照的方式，它不仅成为妈妈和宝宝特殊的一种交流方式，还展现了妈妈有了宝宝以后照样可以有无限魅力的一面，给了很多妈妈重新找到自信的勇气和机会。很多妈妈把能够去拍一套"百变辣妈"的亲子秀照片当作一种荣誉，非常珍惜和积极。而且，我们在参加全国人像摄影协会的活动时，大家都称赞我们开发了这样一种亲子拍摄方式，给国内的影楼拍摄填补了一个空白，算是对这个行业的贡献吧。

我们策划的这个活动也吸引了很多影楼加盟我们，我们做"百变辣妈1"的时候，当时只有32家影楼加盟我们。现在我们做到了"百变辣妈

5"，全国已经有300到500家影楼跟我们合作过了。每年我们还会在全国各地举办"百变辣妈"的评选，这也是妈妈们特别喜欢的一个活动，我们就是想通过这样的活动让更多的妈妈美起来，让更多的宝宝和妈妈一起登上秀的舞台，展现他们的魅力，分享他们的爱，而且，最主要的是，我们通过这样的活动，凝聚起了一大批优秀的有品质的辣妈，她们就是我们的精准用户。现在，已经有化妆品品牌、影视项目找到了我们，要跟我们的辣妈群体合作，我们也想通过这个机会，给这些想要奋斗、想要创业的妈妈带来更大的成长。让妈妈们越来越精彩也是我们的梦想。

现在我在公司只负责做一些我擅长的工作，老公则是我们的运营官，他负责整个公司的营销以及运营。虽然我很不愿意让别人感觉我们就是夫妻店，但是，我们的确是两夫妻在一起创业，对于我来说，我会尽量避免一些通常夫妻店有的问题，我会特别地尊重我老公的意见，包括公司的财务，都有专人负责，我不会想要大权在握。我觉得两夫妻在一起创业，最重要的就是界限要清晰，不要越界，各负其责，各司其职，相互尊重，才能够不内耗，把事情做好，把公司运营得更长久。

可以说，创业给我个人带来了很大的成长。原来我是一个很自我的人，很在乎自己的感受，到了上海来打拼，在一个陌生的地方重新开始一切，有时候的确感到压力很大，尤其是我这个人很感性，又很要强，夫妻之间也难免有些磕磕碰碰，但是我老公都非常包容我，忍让我，这都是我后来才知道的,是他让我懂得什么叫真爱。

我们在一起创业后,我更加感觉到了他的魅力就是来自他的才华与胆识,他总是很有预见性,总是在事情还没有发生的时候就可以给予你指引和规划,这让我非常敬仰他,欣赏他。但是当我对他表示肯定的时候,他总是说,你才是这个公司的灵魂,因为你的感性、你所做的一切,才让我有了这些灵感,没有你我也做不起来。老公的话常常让我很感动,一直觉得他就是我的男神。

如果说我们之间目前的状态有点儿像传说中的灵魂伴侣,那也是因为创业给我们带来了共同的梦想,这个梦想让我感觉我跟他在一起,不仅仅是在一起幸福地过日子,然后一起白头到老那么简单,我们在一起共同成就对方,互相成为对方的领路人。我们之间的感情因为共同创业这个选择而升华了,我们不再只是夫妻,我们是朋友,是合作伙伴,是同事,还是相互灵感的源泉。创业让我们的天地都大了,心胸更加开阔,视野更加高远。未来我们会在一起走得更远,更坚定。

中国辣妈创业主人公

李小丽

四川成都人 36岁

21

我觉得自己是一个很幸福的妈妈,可以做自己喜欢的事业,可以赚到钱,又可以帮助别人。未来,我会把自己的创业坚持下去,让更多的女性通过舞蹈改变自己是我的奋斗目标,通过这种方式传播更多的文化也是我的追求。我会给自己加油的。

我原来是在百货公司做后勤主管工作的，而且一直是在外企。我自己开始创业前的最后一个工作是在成都的宜家做财务主管，那时我才二十多岁，对工作充满理想，感觉人生最快乐的事就是升职、加薪，为此我拼命地工作，有一点儿工作狂的状态。但是，去了宜家以后发现，这个企业的文化和我以前待的企业不一样，他们不提倡加班，他们会认为加班是因为你工作的能力有问题。这就让我在工作之余有了很多闲暇时间。

有了自己的时间以后，我就在想，要把自己的生活调整一下，去干一些自己以前喜欢却没有时间去安排的事，比如运动，比如我喜欢的跳舞。我是2008年开始学的肚皮舞，实际上起步很晚，但我只学了半年左右就已经跳得很好，可以开始在外面的健身房里兼课了。那时带一次课费用很少，只有60元钱，但因为是我喜欢做的，还是很开心。我发现我跳舞的时候心情很放松，精神非常愉悦，正好在宜家的工作也不是很顺利，我就想跳出宜家，专门去跳舞。

辞职的事儿跟父母一商量，他们都不同意，包括我的男朋友也不同意，他们都认为在宜家这样的外企已经很不错了，工作不是很累，收入也不错，而且也很体面。出来做兼职的跳舞老师收入不稳定，也不一定长久，所以，他们都觉得我很不现实。

我辞职的时候已对自己未来的职业生涯有一个考量，当时我已经28岁了，也面临着结婚生子的问题。我学习肚皮舞不是科班出身，将来我在业务上肯定拼不过那些专业的小姑娘，所以，我辞职以后就从事专业的跳舞老师这个职业显然是不太现实。但是跳舞可以让我保持好的身材，而且，跳肚皮舞时穿的衣服非常漂亮，还有好听的声音，让我很喜欢。

但那时肚皮舞在国内刚刚流行，专业的服装很少，我们穿的大多是从网上买的，非常粗糙，而且很容易损坏。本来我是对针线从没有兴趣的，可是有一天，我突发奇想，这样的衣服我自己也能做呀，因为，我从小喜欢画画，画个样子自己动手缝制一套漂亮的肚皮舞服装，也许很不错吧。被这个想法鼓舞着，我去成都的批发市场荷花池买来了布料和珠片，便开始动手自己缝制，大概做了一个月，我的第一套肚皮舞服装便成功了。

我美美地穿着来到了舞蹈课堂上，没想到大家都喜欢得不得了，有一个女孩当场就要我卖给她，我说那好吧，我450元卖给你吧，实际上我的成本还不到100元钱。看到大家都很喜欢我做的衣服，我回去以后又开始买了材料自己在家做，结果做出来很快就被她们给买走了，我发现这是一个商机，是一个很适合我辞职创业的机会。但是我不能自己一个人做，我必须找裁缝和工人来帮我，才能把这件事做起来。

于是，我真的把宜家的工作辞了，找了很好的裁缝，又招了一些工人，她们大多是一些在家里待着没什么事做的全职妈妈。我在淘宝上开了一家肚皮舞服装店,叫作"丽影部落",我来画图设计样子,由工人们来加工,就这样我当时成了全国为数不多的可以做这个服装的商家。由于我的设计很好,质量又不错,因此,很快就在网上火爆起来,当时我们的货品几乎供不应求,天天接单接得手软。我当时身兼设计、采购、画画与售后,除了制作,几乎所有的工作都是我一个人承担。我把家里的客厅拿出来做了工作间,全身心地投入这个创业当中,结果,就在2008年、2009年的时候我赚到了人生的第一桶金,那时候我大概每年都可以净赚到十几万吧。

2009年我结婚了,老公跟我是网上认识的,但我们的恋爱也经历了长达6年的考验,所以,我结婚时已经29岁了,就很想尽快要个宝宝,还是很幸运,我们的宝宝2010年12月来到了我们的身边。这时我因为常年忙碌做肚皮舞服装的工作,落下了严重的颈椎病,生完宝宝给一个香港的演出赶服装,月子里也没养好身体,一直在工作,导致健康出了点儿问题。这时,我就感觉这个事业在让我越来越辛苦,越来越没有乐趣,只剩下赚钱了,可是,我这么年轻,身体不好,就是赚了很多钱又能怎样呢?

当时,我想把服装的生意停下来,可是又有很多的工人也会跟着我失业,我也有些于心不忍,就缩减了一下规模。2011年我搬了新家,现在有宝宝了,我不想把工作间再放在家里面,觉得工作和生活还是要分开一些,给宝宝一个好的生活环境。但是,我的工作还需要一个空间,怎么办？我就在家的附近又租了一个房子，准备来做我的工作室。

那个房子的厅很大，大概有一百多平，我觉得很适合做一个舞蹈室，我就把它装修成一个可以练习舞蹈的地方了。我最初只是想自己喜欢练舞蹈，刚生完孩子也需要恢复身材，而且我的身体一直不太好，我希望通过运动来让自己健康起来。舞蹈室装修好以后，我在网上和几个以前我的学生聊了起来，她们也都很兴奋，开始有几个人来我这里跳舞，后来她们又把自己的朋友请了过来，这其中有很多都是刚刚生育完宝宝、需要恢复身材需要运动的妈妈。我发现这又是一个很好的商机，那时候一年的卡就可以卖两千多元，我也从外面请了很好的老师来教她们，我发现我的这个地方完全可以开一个小舞馆了，而且，我通过跳舞身材也恢复得不错，颈椎病也慢慢地好了，这是一个我自己很喜欢的创业机会，也正是我可以转型的好时机。

开始做这个小舞馆后，我的服装生意就慢慢地做得少了，而且，这时在这个行业，国内出现了两种风潮，一种是有条件的人都会去埃及买正宗的肚皮舞的服装，很漂亮唯美；再一个是南方的一些城市出现了大量制作这种服装的工厂，这个市场机会越来越少，我开始决定从这个行业撤出来，专心做我的舞馆。

但是，我原来开的那个舞馆毕竟在小区里，而且面积也不大，我想把它当作一个事业来做，就必须扩大规模，正规起来。2012年，刚好有一个机会，我接手了一个商业铺面，大概有200多平米，我的舞馆就正式在这儿开业了。由于我前期已经积累了一些客户，而且我的肚皮舞的确很受大家欢迎，我的客户越来越多，舞馆的生意也一直不错，很多妈妈在这里不仅锻炼了身体，恢复了身材，还找到了更多的自信，结识了很多志同道合的朋友，而对于我来说，我刚刚开始做舞馆的时候无非就有两个想法，一个是我要赚钱，因为我要生存，再一个就是我可以锻炼身体，让自己更健康。

现在，舞馆开了三年了，我突然发现其实我还可以做得更多，因为我不仅赚到了钱，让自己越来越健康美丽，还帮助了很多妈妈找到了她们为人母后的魅力和自信。因为，跳舞是一个可以让人心情很愉快的运动，也是一份美丽的事业。喜欢上跳舞的女人不仅情绪很积极，心态也很阳光，每天都非常正能量。原来我这里经常来的一些妈妈，负能量很重，尤其是一些全职妈妈，经常一开口全是抱怨。可是，自从她们喜欢上跳舞以后，坚持一段时间，就会发现，她们脸上的笑容多了，她们的积极情绪也多了，当她们发现自己通过跳舞变得越来越苗条、越来越有女人味的时候，她们不再抱怨，她们懂得如何欣赏与鼓励自己，而且最主要的是，她们跟老公的关系也开始和谐了，对孩子更有耐心了。

可以说，是舞蹈改变了她们，是美的艺术让她们知道了自己也可以是美的事实。当我看到了这一点，我更加喜欢我的这份事业，每个女人都是美的，只是她们需要发现。舞蹈让她们找到了自己美的爆发点，也让她们有勇气和自信展示自己的美，这对很多做了妈妈的女性来说真的是一个很有价值的过程。

当我了解到我做的这份事业可以帮助这么多女性的时候，我也感觉非常的神圣，因而更加投入。这几年来，为了不断地提升自己的舞蹈艺术水平，我不断地到处学习，跟同行学，找大师学，前前后后光学习就花费了十几万元，学习虽然很辛苦，但我在这个的过程中也体验到了很多的成长，当一个人发自内心地热爱并且去做一件事的时候，她一定是无比的快乐。

肚皮舞的发源地是埃及，因此，我一直对埃及这个国家很向往，希望有一天有机会到埃及去取一下真经。没想到，这个机会真的来了。2014年，我受邀赴埃及参加了埃及的华人华侨庆春晚的晚会，在这个舞台上我表演了一个我自己自编自演的肚皮舞，没想到惊艳全场，获得如潮好评。这是我第一次来埃及，过去对这个国家并不了解，没想到，初来乍到我对这个国家感觉非常好，他们的人民很友好，物产很丰富，而且是一个很有文化传统的国家。这一次，我被埃中文化交流协会授予了"埃及文化传播大使"的荣誉，这对我来说真的是一种激励，未来我会在传播埃及文化传统的领域做更多的事情。

这一次来埃及时间非常短，让我意犹未尽，一直想有一个机会可以在埃及游学一下，感受更多的古埃及文化。2015年，我又一次受邀赴埃及参加了"埃中青年圆桌会议"，这一次我成了埃中文化交流协会的会员，会议结束后，我和好朋友留了下来，开始了我向往已久的埃及游学之旅。

我们参观了很多学校，到博物馆去游览，也在大街小巷和埃及的普通百姓交流，了解埃及的风土人情，埃及的文化深深地吸引了我，让我非常地迷恋，也喜欢埃及人的淳朴与善良。回到成都后，我也找机会组织了一些活动，做了一些讲座，想在传播埃及文化方面做一些事情。

为了让自己得到全方位的提升，我在2015年9月份又参加了世界赛事环球夫人成都赛区的比赛。很多人问我为什么要参加这个比赛，其实对我来说得什么名次不重要，我在这个舞台上可以获得成长与锻炼最重要。我一直是一个非常爱学习的人，对所有的新鲜事物都好奇，喜欢尝试不同的选择，让自己拥有不同的人生体验。最后，我在这个比赛当中获得了最佳才艺奖，现场的肚皮舞表演让大家都沸腾了。

表演完毕从舞台上下来的时候，我看到了我儿子在观众席上，我其实一直知道他在那里，一直想上去跟他打个招呼，就是没有时间。跳完舞我过去找他，刚从舞台上下来，我还在剧烈地喘着气，儿子看到我走过来，马上拿着一瓶矿泉水对我说："妈妈，你喝口水吧！"就在这一刻，我的眼泪差点儿掉下来。我觉得，妈妈所有的付出儿子都懂得，他知道妈妈在做什么，我相信他心里是骄傲的，因为他的妈妈真的是一个很努力的妈妈。

我在舞馆接触的大多都是妈妈,我见到太多的妈妈对孩子期望值满满,希望她的孩子这样优秀,希望她的孩子那样成功,但她们是怎样的妈妈,她们从来不去想一想。我也跟很多妈妈聊过,有些妈妈说得最多的一句话就是,我已经是妈妈了,我还能有什么追求,指望孩子有出息吧。每当看到这些其实还很年轻的妈妈,把自己人生的希望都寄托在孩子身上,我就替这些妈妈感到惋惜,大好的青春,美好的年华,就这么消磨殆尽,人生该有多么遗憾。有的妈妈对孩子那么多的期待,为什么就不能提高一下自己呢?我觉得这些妈妈真的很需要帮助,也经常和她们聊天,我甚至专门为这些妈妈开了课程,孩子学习的时候,她们也可以有学习的机会。舞蹈改变了我,我希望也给这些妈妈带来改变,我觉得我的舞馆已经不是一份简单的工作,它是一份有爱的事业,让我每天都很坚持。

当然,每位创业妈妈都会遇上这样的问题:你那么忙,孩子怎么办?我感觉自己在这方面处理得还不错,因为我的宝宝是男孩,因此,我和老公早就有分工,我负责孩子的衣食住行,爸爸负责陪孩子玩。一方面我的时间的确比较紧张,一方面我一直认为男孩子要多跟父亲在一起,这样他才会成为一个真正的个男子汉,他会从爸爸身上学到很多男人的品质。而且,我也从来不建议孩子学东西太早,三岁以前就让孩子好好玩就可以了,孩子每天都很开心,养成了好的性格和习惯,这比他在小的时候可以学到什么更重要。

我家儿子现在六岁了,是个非常漂亮、可爱的小帅哥,性格也非常好。儿子对我来说就是前进的动力,我的老公也很支持我的事业,我经常出门学习,有时一走就是一个月,孩子和家都要扔给他,但是他一直很配合我,我们的感情也很好,所以,我觉得自己是一个很幸福的女人,可以做自己喜欢的事业,可以赚到钱,又可以帮助别人。未来,我会把自己的创业坚持下去,让更多的女性通过舞蹈而改变自己是我的奋斗目标,通过这种方式传播更多的文化也是我的追求,我会给自己加油的。

中国辣妈创业主人公

李 燕

河北张家口人 35岁

22

我从小的性格就很倔强,尽管在小的时候这种个性屡屡被质疑,但我终究用自己的勤奋与努力证明了我是一只优质股。只听自己的声音,按自己的想法去选择人生,让我距离成功越来越近。创业,让妈妈的独立不再是梦想,独立的妈妈更有智慧,会把自己和生活打理得更精彩,更有品质。

我来自一个单亲家庭，父母在我十岁的时候就分开了，我跟着母亲一起生活，我的妈妈是医生，生活严谨，对我比较严厉。她从小就对我说女孩子要独立，要靠自己。因为家庭的这个背景，我也一直很懂事，觉得妈妈带我长大不容易，我不仅很要强，也很少要妈妈为我操心。而且，那时候我也有些在乎别人的眼光，我不希望别人觉得我跟别的孩子不一样，因此，我就会更加努力。父亲在我的生活中出现得很少，他更多地是对我的经济上的帮助。

2002年我考上了北京的大学，在考大学之前我就考了国家导游证，因此，进入大学以后我一直在做兼职的导游，不断地在打工。那时候我暑假里基本上不回家的，都是留在北京打工。就这样，我大学四年除了学费，生活费基本上全是我自己承担的，给妈妈也减轻了不少的负担。

我在大学上学的时候，被作为优秀学生代表推荐参加了一个叫作"冀台心，两岸情"的活动，就是和来自港台的青年学生做一些交流，当时我们之间的一些互动还登上了香港的《大公报》。我在大学毕业的时候认识了我的老公，他也是张家口人，2006年我毕业的时候就和他一起回到了老家。

刚回老家的时候，爸爸开始为我张罗工作的事，给我找了一个在联通公司上班的机会，认为这样的工作比较稳定、体面。可是我在参加了几次培训后，就觉得这个工作实在不是自己想干的，我不想把自己的青春就在这样没有挑战的地方浪费。知道我不想去,爸爸还很不高兴,他问我:"你到底想干什么?"我说:"我想要创业,想干自己喜欢的事情。"

我是个从小就特别爱美、爱打扮自己的女孩,喜欢漂亮的衣服和时尚的东西。我当时就想开一家自己的服装店,既满足了自己爱打扮的心,又可以当作一个事业来做。当时,我一直在做兼职的导游,手里面也有一些积蓄,大学毕业的上半年我筹了5万元钱,就开了一家30平米的时装店。

当初想得特别简单,以为开家店就是找个人卖卖货,没想到店开了起来,就特别累。我当时经常早晨3点就要起床,6点钟赶到北京进货,然后再马上赶回张家口上柜台,后来店里的生意特别好,我又要去广州、深圳进货,那时可能是因为年轻,一点儿也不觉得苦,还感到很开心,因为我通过自己的努力在不断强大起来。

这家小店我辛苦干了一年就净赚了七八万元,当时感觉特别有成就感。三年后,我又投了30多万开了第二家店。这家也是服装店,是较高品质的韩国品牌代理。这个时候我就更累了,有时候为了选货,一走就是一个星期,别人家的老板是守店,我开店喜欢出去到处转,喜欢去学习不同的东西,当然,我的辛苦也得到了不错的回报,给了我的家人很有品质的生活,这是让我很自豪的地方。

我是 2008 年结的婚，但因为自己小时候的经历，我一直不太想要孩子，也没想好什么时候可以做一个妈妈，可是 2012 年我发现自己怀孕了，宝宝来得很意外，我有点儿恐惧，担心自己做不了一个好妈妈，不能给宝宝很好的养育，当时刚刚发现怀孕时，我的心情还挺郁闷的。可就在这时妈妈劝我，她说："你都快 32 岁了，再不生都成高龄产妇了，还是赶快生一个宝宝吧。"对妈妈的话我还是很听的，既然这样我也不再纠结了，便开始在家里保胎，学习育儿知识，当时我看了很多书，也到处去听讲座，就是想知道如何才能做一个好妈妈。

我的工作我也没放下，怀孕 8 个月时还去广州进货，老公不放心，一路陪着我。我当时腿都肿得老粗，腰根本就弯不下，老公去一家超市买了一个塑料盆，打来热水给我泡脚，就这样我也没放下我的店。后来我生了一个健康的女孩。做了妈妈以后，我也特享受这个过程，我给女儿一直是母乳喂养，坚持到她 16 个月。那时候，我都不敢照镜子，身材走样得让我很有挫败感，我原来的体重 100 斤，生完宝宝 125 斤，这让特别爱美的我实在接受不了。

最主要的是，做了妈妈，我的实体店也受到了影响，因为又要照顾孩子，又要忙店的事儿，实在忙不过来，而且，我原来的那些客户基本上都跟我同龄，我做了妈妈，她们当中很多人也做了妈妈，加上淘宝店的冲击，我的那家小店生意越来越不行，只得转让出去了。

女儿16个月断奶后，我立即开始做产后的瘦身和减肥，当时用了很多的方法，有内服的，有外用的，就是想赶快瘦下来，没想到还真挺管用，一个月就减下来19斤，我特别高兴，就在微信朋友圈里和大家分享了这个瘦身产品，结果引起了很多妈妈的兴趣，纷纷找我买，我当时根本都不知道微商是什么，就在无意当中做起了微商，卖了很多瘦身产品。

说起我的蜕变，还有一个活动，那是一个辣妈亲子秀的拍照活动，我带女儿去拍了一套亲子秀照片，居然被评为张家口地区的十大辣妈，后来我又去上海参加了一个辣妈的大聚会，在这里我认识了很多跟我一样的妈妈，她们都很优秀，我知道自己必须更优秀，才能跟上别人的脚步。参加这个聚会，我又发现了一个好产品，因为现在是互联网＋时代，每个人都面临着转型，我做实体店多年，早已发现电商微商对实体店的冲击非常大，我也想转型，我想为自己的下一步转型做一些准备，不想让自己在时代的变革面前太被动。

从上海回来以后，我就开始组建自己的创业团队做微商。我创业这么多年，已有很多资源，我觉得这对我来说是一个快速发展的机会，现在每个人都可能面临转型的选择，这种形势不可逆转，我们只能顺势而为。我为自己的转型选择写了一封信，叫作《致微信朋友圈的一封信》，我写了对当下形势的看法，写了我对重新出发创业的感悟，没想到大家都很接受和支持我的选择，有很多朋友给我点赞和评论。

转战微商领域后我给自己的定位是做"有情怀的产品，有温度的微商"，我希望跟客户们建立的不仅仅是一种商业的关系，我们是好朋友，更是伙伴，我们彼此是信任的，哪怕我们从来也没见过面，我们也是最熟悉的陌生人。我自己感觉女人挺适合做微商的，尤其是妈妈，因为微商起步很低，不像实体店动辄投资几十万，而且很容易上手。实体店永远在等客人上门，而微商跟谁都可以做生意，在哪儿都不耽误卖东西赚钱。

对于妈妈来说，微商不用上班，自己在家里一部手机就可以做起来，时间可以自己安排，也随时可以照顾家庭和孩子，是自由度很大的一种职业选择。我自己是大学毕业的时候就经济独立了，结婚后也一直是经济独立，所以，我特别能感觉到经济独立给我带来的好处，那就是不仅在家庭里有地位，在社会上也很有地位，所以，如果妈妈们能够自己创业，自己赚钱，就会变得很强大，走到哪儿都有话语权，都会受尊重。

我发现很多妈妈在自己创业后都变得很新潮很时尚，很在乎自己的形象，而且，妈妈创业会让自己的思维跟上这个时代的发展，思维年轻妈妈就会很年轻。还有的妈妈在创业以后变得更自信更勇敢。最重要的是，创业可以让自己跟老公同步发展，他一直在发展，你一直待在家里相夫教子，这样很容易被飞速发展的他给踢出局，当夫妻之间有了差距再去弥补，这时候就往往来不及，所以，要时时刻刻牵住他的手一起走，才会更幸福。

我做微商以来，也有很多妈妈经常问我，怎样才能做个成功的微商，我总结了大概这样的几条：第一，做微商首先要有一个好产品，值得信任的产品；第二，微商营销的首先是人品，因此你得是个好人，是个有品牌效应、有魅力的人；第三，要多在朋友圈植入自己的生活，让大家了解你，熟悉你；第四，线上线下多互动交流，不能只在线上互动，也要多参加线下的活动，让更多的人认识你；第五，千万不要浮夸，是要实实在在推广自己的产品；第六，朋友圈可以发产品，但是要注意大家的感受，一般早晨不要发，一天最多发十条左右，发图片的时候，最好图文并茂，而且原创很重要。

其实，微商也是一种职业，也要有一点儿职业态度，那就是需要不断学习成长，不断吸收新的东西来启发自己。我一直认为，做微商也许赚不到多少钱，但是你可以学到很多很有价值的东西，正是这些有价值的东西让你成为更有价值的自己。我觉得这比能赚到多少钱更令人振奋。

我一直很渴望独立，也是因为我非常热爱生活，热爱我的宝宝和我的家人。在我经济独立以后，我花的最大的一笔钱是给自己买了一个小房子，我喜欢那个房子的田园风格，它有一个大大的天台，我很喜欢带我的朋友到那儿去烧烤，这是我创业五年后送给自己的一个礼物，希望有一个私密的小空间，可以和闺蜜们喝喝茶放松一下。我也给了父母很多的回报，虽然他们在经济上也许并不需要我的帮助，但是我觉得这是我应该尽的责任，我一路走来，看到他们的不容易，尽管他们没有给我一个完整的家，但我还是感恩，他们的爱让我很完整。

让我终生难忘的是，2008年我结婚的时候，本来说好了妈妈这儿办一场，爸爸那儿办一场，可是在我做新娘的那天早晨，爸爸突然来到妈妈家的楼下，当我听到亲戚说李燕的爸爸来了的时候，我的心都要跳出来了，因为爸爸和妈妈虽说在一个城市，但他们分开后很多年没有见过面了，我担心妈妈要强的脾气不会让爸爸来见我，可是没想到，妈妈流着泪说："让她爸上来吧。"那天我出嫁的时候爸爸妈妈都在，他们都在我结婚的录像里，让我感觉特别完美。

在婚礼上爸爸也落泪了，他一直在表示他的愧疚，觉得对不起我，没有好好地照顾我。在那一刻我觉得我是幸福的，我告诉爸爸我从来没怪过他们，他和妈妈的爱我都知道，虽然在我成长的过程中有遗憾，但是生活注定是不完美的，我只有欣然接纳，心怀感恩。

我从小的性格就很倔强，尽管在小的时候这种个性屡屡被质疑，但我终究用自己的勤奋与努力证明了我的个性是优质股。只听自己的声音，按自己的想法去选择人生，让我距离成功越来越近。创业，让妈妈的独立不再是梦想，独立的妈妈更有智慧，会把自己和生活打理得更精彩，更有品质。

中国辣妈创业主人公

徐姝璘

四川乐山人 34岁

23

我想说,感谢创业,是它让我这个妈妈又在时代中重新找到了自己的位置;感谢我自己,如果我没有那么勇敢,也没有今天的事业平台;感谢所有的人,是他们对我的接纳让我重新找回了自己的价值。

我本来读的是艺术学校，形象设计专业，而且，因为成绩优异，最后留校任教，当时我们学校留下了五个人——四个男生，就我一个是女生。在学校任教两年，我就感觉教师这个职业不是自己很喜欢的，而且收入比较低，因此就想出来自己创业，后来就辞职了。

22岁时，我有了男朋友，当时因为家里有亲戚在日本，给我办好了去日本学习的手续，我当时很想去日本继续深造形象设计这个专业，办了签证准备远赴日本发展。去日本的前一夜，我和男朋友彻夜长谈，我们商量好，我想去日本闯闯看，要是两年的时间没有结果，我就回来和他在一起。

结果没想到，就在我到了机场马上要登机的时候，男朋友突然出现了，他拦下了我，说什么也不让我走，他说担心我这一走就再也不会回来了，他说他很爱我，不能没有我。男朋友的表白让我很感动，既然他这么坚持，我觉得还是爱情比较重要，因此，也就放弃了这次日本之行。

没有去日本，我开始筹划两个人一起创业，后来我们两个筹了一些资金，开了一家自己的形象设计工作室，因为店开在小区里，所以，生意一直不算好，算是勉强维持吧。坚持了大概三年多，我们觉得也没什么意义，就把店转让出去了。

我老公的父亲一直有一个小的家族生意，但是他并不愿意去和他父亲一起做，后来在我的劝说下，他开始帮父亲做家族的小生意，而我找了一家服装公司开始打工。这家服装公司是开连锁店的，我在这儿主要负责服装的采购，虽说薪水很高，但非常辛苦，每天早晨四点钟就要出门，还要经常出差，到处跑，但那时我还不是妈妈，因此无牵无挂，我又很要强，干什么事都要干好，因此全心全意投入工作，当然收入也不错。

结婚不久我就怀孕了，有了宝宝三个月的时候我辞职了，因为工作太辛苦，我是个责任感特别强的人，觉得做妈妈就要全身心投入做个好妈妈，因此，有了宝宝的前三年我一直在家里做全职妈妈。但是，由于在家里待着，没有了收入，没有了朋友圈子，更没有了自信，我非常郁闷。因为我原来是家里的经济主体，我赚钱比老公多，做了妈妈以后，我没有了收入来源，用钱都要跟老公伸手，这让我很不爽。

而且，有了宝宝以后，我突然发现老公也变了，他不再像以前那么关注我，呵护我，甚至还总是抱怨我，把太多的精力和时间放在孩子身上，不关注他了。我当时也很不理解他，觉得一个大男人怎么可以和孩子去吃醋？我和老公原本感情很好，可就是在有了宝宝后闹得不可开交，我也委屈，他也憋屈，两个人经常在一起争吵或者冷战，慢慢地我也有些心灰意懒，我们甚至谈到了离婚。

可是毕竟我们都已为人父母，想到离婚，我看到宝宝就有些于心不忍，觉得孩子是无辜的，我们让他来到这个世界，就应该给他一个完整的家，不能光考虑自己的感受，我们要为孩子负责任，给孩子应该有的安全感。

我这个人很爱学习，喜欢读书交朋友，因此，我在自己的婚姻遇上了问题后，首先去看了好多书，婚姻家庭的，心理学方面的，然后，我又跟闺蜜去沟通，让大家帮我出主意解决问题。在渡过这个危机之后，我想我不可以再待在家里无所事事了，孩子上幼儿园了，我也有时间了，应该自己做点儿事了。我想，妈妈要是经济上独立，精神上就会好很多，跟老公的关系也会正常起来，家庭会更和谐。

我开始重返社会找工作。我自己非常喜欢美食，也很希望开一家小餐馆跟大家分享美食，可看了几个地方，都觉得租金太贵，现在投入一个小餐馆动辄几十万，是我们承受不起的。可是，对于妈妈来说，适合我们的工作真的不多，因为要照顾孩子和家庭，天天朝九晚五也很不方便。正在这时，我认识了一个在保险公司做代理的妈妈，她跟我年龄差不多大，事业和家庭都非常成功，是一位很优秀的妈妈，通过她的介绍，我开始对保险这个行业有了兴趣。

经过一些培训，我先去考了保险代理人证，然后就正式进入保险公司做业务。所有人都知道，保险是一份最具有挑战性的工作，尤其是在中国，大家对保险的观念接受度并不是很高，可是我这个人就是一个特别喜欢挑战的人，又是一个很喜欢分享的人，因此，我对这个行业非常有信心。而且，做保险不用朝九晚五，时间可以自由安排，不影响我照顾孩子，这也是我特别喜欢的一点。

都说做销售是先从被拒绝开始的，我也经历了这样的过程。本来我的朋友很多，可是很多人听说我开始做保险了，就慢慢跟我疏远。还有一些朋友直接不接我的电话了，有时候让我挺伤心的。但是，这也许就是学习和成长的机会，我并不气馁。刚开始做的时候，我的一个闺蜜说我："我要看看你可以坚持多久？"她的意思是，保险这个行业太残酷，很多人经不住那种内心的打击，很快就会放弃。的确，这个行业的流动性很大，这实际上也是我选择这个行业发展的原因，因为我是一个内心非常强大的人，喜欢有挑战的事业。

我对保险的理解就是，这是一个可以帮助人的事业，想做这一行首先得克服自己的心理障碍，要敢于开口跟客户做观念上的沟通。然后你要专业，所有的服务都来自专业，客户对你的信任也是建立在你的专业水准上的。再然后，你要勤奋，保险公司是相对比较松散的管理，出不出业绩全靠自己的勤奋与努力，而且，它的底薪很少，你可以赚多少钱完全取决你自己的努力程度。

我做了这个行业后，从一开始的每个月两三千元到后来的四五千元，到现在的一两万元，全是靠自己的不断努力和拼搏换来的，在这个行业，天道酬勤，只要你有信心和勇气，懂得坚持，就可以做得很好。

我在 2014 年建立了自己的保险代理人团队，开始自己创业，现在大概有二十几个人，几乎都是妈妈，这些妈妈都有自己的创业梦想，也都是非常积极正能量的妈妈，她们原来大多数是全职妈妈，有了宝宝以后也曾经非常困惑自己以什么方式重返社会，重返职场。

我的成长经历给了她们很多的启发和引导，让她们看到了自己的价值所在，很多妈妈在生完宝宝后失去了自信，郁郁寡欢，和老公的关系也一度紧张，但是在她们有了自己的事业、有了自己的收入以后，很多问题都迎刃而解。她们不再是天天眼巴巴地盼着老公回来陪她们的怨妇，有挑战的事业给了她们生活的热情，也让她们变得很勇敢，这些妈妈都很强大，我每天都被她们鼓舞着。在保险这个行业就是这样，前面有人拉你，后面有人推你，在这样的氛围里，你不想成功都很难。

做了几年后，我发现，想要事业做大，单打独斗肯定是不行的，所以，现在我希望带领团队里的妈妈们一起来创业。我未来的梦想就是打造一个自己的梦之队，帮助更多的人，也让更多的妈妈实现经济的独立，找到自己真正的幸福秘诀。

现在我的女儿六岁了，我也越来越觉得做一个优秀的妈妈的重要性，因为，我就是女儿的人生榜样。我和老公的关系也非常好，我们的小家庭也很和谐。我想说，感谢创业，是它让我这个妈妈重新又在时代中找到了自己的位置；感谢我自己，如果我没有那么勇敢，也没有今天的事业平台；感谢所有的人，是他们对我的接纳让我重新找回了自己的价值。女人做妈妈是一种幸福，也是一种改变，女人是脆弱的，而妈妈是坚不可摧的，这是一种人生历练。当你的改变让你幸福，让你强大，让你快乐地去实现梦想，你的人生从此就完整了。

后记　今天，你创业了吗？

今年的春节是我在北京 20 年来最忙碌的一个春节，大年初一就开始干活，写这本酝酿了很久的报告文学《遭遇创业——中国辣妈创业全纪录》，因为前面一直在忙 2016 中国辣妈创业论坛的筹备工作，因此，书稿的创作一直拖到春节。虽然辛苦，但是很开心，天天熬夜到凌晨，我却没有倦意，状态跟我 1998 年创作《遭遇下岗》那本报告文学是一样的，激动，振奋，心潮澎湃，甚至还有一些怀旧。

激动是因为我又一次听了一遍我对所有的创业妈妈的采访，当她们熟悉又陌生的声音出现在我的耳边，那些动人的创业故事、那些一波三折的情感经历、那些娓娓道来的心情又一次涌上了我的心头，这些不平凡的女人、这些不甘平庸的妈妈、这些让人喜欢让人钦佩的辣妈，每一个都如此鲜活地在我面前，写作又一次让我跟她们"促膝交谈"了一次，又一次心与心的交流和碰撞，让我的确有些激动。

振奋是因为辣妈们的创业故事呈现出来，我自己都很受鼓舞，感觉在这个大众创业、万众创新的时代，创业已经不再是一个需要过于三思而后行的选择，现在的思维应该是先干起来再说，现在的形势是什么事等你想好了就没机会了。书中的很多创业辣妈就是因为有想法就去干了，有梦想就去追了，结果，她们都干得不错，甚至有的还很成功，这难道不值得振奋吗？

心潮澎湃是这一段时间来我一直想说的一个词儿，因为的确很多年没说过这个词儿，也没感受过这个词儿了。这一次《遭遇创业》的创作切切实实地让我体验了一把心潮澎湃的感觉。为这个时代的伟大而心潮澎湃，为这些不认输不认命、努力加坚持的创业辣妈而心潮澎湃，为妈妈们爱家爱孩子的深情而心潮澎湃，为女人们自己创造的精彩人生而心潮澎湃，这种感觉让我觉得自己还行，当一个人还有激动、还有情怀、还有工作不觉疲倦的时候，说明他的青春还在。

怀旧是我写这本书时最深刻的感受，因为这本书实际上是源于我在1998年写的另一本报告文学《遭遇下岗》，只是当时的创业不叫创业，叫自谋出路。尽管说法不同，但是意义和内涵是有共同之处的，当时写《遭遇下岗》正值国内下岗风潮最盛之际，下岗女工成了我当时最关注的群体。当时看到很多媒体都在报道一些下岗女工的遭遇，我当时最淳朴的愿望就是想写一本让人振奋、让人奋起的报告文学，激励更多的下岗女工重新寻找自己人生的新起点，因为生活中已经有那么多的女人在奋斗，在崛起，在打造更精彩的自己。就是这样的一个想要帮助女性的愿望，成就了我的那本后来广受欢迎的报告文学《遭遇下岗》，书一出来，全国有 400 多家报纸在连载。

2015 年，我仍旧在做着我的家庭素质教育的工作，到处讲座、分享，跟妈妈们交流，结果，又让我发现了一个现象，那就是妈妈们几乎都在创业。在我跟很多正在创业的妈妈深入交流后，我发现这样一个令人欣慰的变化：如果说二十年前的下岗女工的自谋出路是为了生存、为了活下去的话，那么今天这些 80 后、90 后妈妈的创业则几乎跟生存无关。她们大多有着不错的物质条件，有的嫁了挺成功的男人，有的父母是创一代，有的家庭条件并不差，但是正是这些看上去什么都不缺的妈妈要创业，这些其实生活得已经不错的女人要折腾，这是为什么？她们每个人都有自己的理由，有的说是因为要活得更精彩，有的说是为了实现自己的价值，有的说是为了给孩子做一个榜样，有的说是为了自己的梦想，有的什么理由都没有，就是想折腾一把，为了不在老了的时候后悔。

跟这些创业妈妈交流，我真的是百感交集。20 年的时光，让中国女性发生了天翻地覆的变化，她们不再需要像她们的妈妈那样，为了生存、为了温饱、为了可以好好地活下去而打拼。她们可以按自己的想法去选择自己的人生，她们有无数多的实现自己梦想的机会，她们可以争取一切可能属于自己的机会，只要她们想要，世界就是她们的，这就是"中国崛起"的代名词吧，这就是"中国梦"的精髓吧，让每个人都有实现梦想的机会,让每个人都得到他想要的公平,只要你付出努力,只要你付出耕耘,理想之花就可以灿烂地绽放,这样的国家一定是每个人所爱吧。

我怀旧是因为写《遭遇下岗》时,我还在一个北京最偏僻的角落里,那是一个没有暖气、没有煤气、没有客厅的小房子,那时的我年轻,除了激情和才华一无所有。但好像那时也很开心,天天很快乐,因为有那么多对未来的希冀和奋斗。现在,我坐在北京朝阳区的宽大的书房里,写下了这本《遭遇创业》,我突然想到,从这个意义上来说,我也是一位创业妈妈,而且老天对我也很公平,我付出了很多,也得到了很多,这让我的内心一直很平衡,以至于在帮助别人的这个选择上从来没有片刻犹豫。

就好像我现在写的这本书,很多人问过我,你为什么要写这本书?我想我至少有两个理由,一个是我接触了这么多的创业辣妈,一直为她们的努力和坚持,为她们的故事所感动,我是个记录人生故事的人,把她们的人生故事记录下来,对我来说是职责,对她们来说则是财富,是人生成长的回眸,是留下的难忘的年轮。还有一个是我想去帮助别人,我想把这些妈妈的奋斗、这些打拼、这些成长用文字的形式呈现出来,让更多的女性分享,跟更多的妈妈共享。

我的想法又一次很淳朴,那就是我希望想要创业的妈妈看到这本书,可以从中得到很多启发，因为我写的这些创业妈妈各有各的领域，各有各的不同业态，各有各的不同打法。关于创业她们比我更懂，因此，我用了不少的笔墨在她们的创业经历上，就是想让想要创业的妈妈从中可以得到一些经验，一些做法的传承。我说过，人类最强大的学习能力就是模仿，我跟很多想要创业的妈妈都分享过，如果，你真的想要创业，完全可以从模仿复制别人开始，因为，这会节省你的时间，让你更快地起步。

这本书还有一个很重要的意义就是，我写了辣妈们的生活，写了她们的情感，写了她们如何为人妻为人母的过程，这些故事时而感人泪下，时而峰回路转，时而幽幽怨怨。有人说，三个女人一台戏，那么23个女人是几台戏呢？我一直说写女人的故事就是在写人生，通过这些女人的人生，实际上我们每个人都会看到自己的人生，做一个怎样的妻子？成为一个什么样的妈妈？经营一个何等品质的家庭？拥有一个是否和谐的婚姻？这些都是这些故事可以带给我们的智慧。

实际上最重要的是这些创业辣妈给我们带来的励志，她们当中有的是一无所有却可以白手起家的60后传奇妈妈，有的是大学毕业便勇于追求自己的梦想无所畏惧的90后妈妈，有的是几次创业几次失败却越挫越勇的70后坚强妈妈，更有无数从泪水和汗水中走出来、终于守得日出见云开的勇敢的80后妈妈，我一直觉得人在这个世界上，什么都可以没有，但有一样东西永远不能丢，那就是奋斗的精神、奋斗的心态。这些创业的辣妈用她们自己的努力和坚持,给我们书写了一面奋斗的旗帜,这是我最看重她们的地方,也是我有这个创作冲动把她们的生活再现出来的动力。在这本书里,我刻意选择了一些正在创业、刚刚创业的妈妈,还写了一些有创业梦想的妈妈,虽然她们刚刚开始想要为自己的梦想去做点儿什么。我这样做的想法就是希望给更多的妈妈一些精神与心态上的鼓励,让她们懂得创业不过是一个人生的经历,只是这样的经历如果够精彩就是难得的人生财富;懂得女人有梦想就要去实现,追梦的女人最可爱。女人的故事常常很励志,妈妈的故事就更会鼓励所有的人,这也是我写这本书的初心。

写这本书虽然很辛苦,因为辗转了十几个城市,寻访了几十位辣妈,奔波了几个月,但是一路走来我仍然感到非常开心,因为在与这些妈妈的交流中,我体会到的不仅仅是一种情感的交融,更是一种精神的激励,我为她们的创业经历而感动,为她们的坚持而喝彩,为她们的成功而欢喜,为她们的未来而呐喊。这是我此生最喜欢的一件事,寻访陌生人,和她们成为最好的朋友,最知心的伙伴。

写辣妈创业故事必然要解释一下:何为辣妈?其实"辣妈"一词是舶来品,她原指那些做了妈妈的女性,还追求事业成功,内外兼修,不仅活得精彩还身材火辣、性格鲜明的女人。在我看来,辣妈就是做了妈妈还不放弃自己的女性,做了妈妈更加有追求,更加重视自我价值实现的女人。为什么要激励妈妈们做辣妈?因为,辣妈就是人生奋斗不止、学习不止、成长不止的代表，她们懂得如何给孩子做榜样，懂得如何让自己在成为妈妈以后还能够活出自己来，她们给这个时代带来了靓丽的风景，她们是令我们骄傲的中国新时代女性。

在这里，我感谢书中23位创业辣妈的慷慨，感谢书中的成都创业辣妈侯玉，是她帮我推荐了很多精彩的创业妈妈主人公。是创业辣妈们的大爱有了这本书，是她们的真诚分享让更多的妈妈有了人生的榜样，让更多的孩子有了生活的目标。这本书的创作是我的一贯风格，以口述实录的方式来呈现，一直很喜欢这种形式，就像和主人公在面对面地交谈，代入感很强，会在一瞬间情感交融。我一直在关注普通人的命运，一直希望以对小人物的刻画与呈现，来反映一个国家大的时代的变迁。我相信这本书做到了，书中都是草根妈妈，都是再普通不过的小人物，但她们的命运跟我们这个时代息息相关，她们的成长、她们的成功、她们的优秀，是这个时代给予她们的奋斗和努力的最好奖赏。

人生何处不创业，人生无处不奋斗，我相信，人生无论走到哪一步都需要创业，创业不仅是一种精神，还是一种行动，而妈妈的创业就更是一种人生的主旋律。去做一个创业妈妈吧，光荣地走在路上，这一路有艰辛有磨砺更有收获，你会越活越精彩，越活越美丽，越活越成长。很多女人，一旦做了妈妈，就会期待孩子的成功与优秀，实际上你只要做好你自己，当妈妈很成功很优秀的时候，一个成功的孩子已经在向你走来。

女人是这个世界的源头,妈妈是爱的操盘手,有家有爱有辣妈,是生活幸福的保障,而创业妈妈更是人生的榜样,让我们一起去创业,去奋斗,去打拼,不要辜负了这个美好的时代!

今天,你创业了吗?

于　秀

2016 年 2 月 25 日

于北京亚运村